ハニー　ビター　ハニー

加藤千恵

集英社文庫

contents

本文デザイン／名久井直子
本文イラスト／おかざき真里

ハニー ビター ハニー
Honey Bitter Honey

友だちの彼

二人でいるときに、沙耶香《さやか》の話はしないで欲しい。

陽《よう》ちゃんにそうお願いしたのは、けっして嫉妬《しっと》からではなかった。沙耶香から同じ話を聞いたときに、うまいリアクションができなくなるのが怖かったのだ。現に、普段なら爆笑しているようなところで、愛想笑いになってしまったことがあったから。沙耶香にバレる前に、なんとかしなきゃいけないと思った。

陽ちゃんは、そのお願いを、簡単に受け入れた。どこかしら上機嫌に、りっちゃんって意外とヤキモチ妬《や》きなんだね、という言葉まで付けて。否定するのはたやすかったけれど、面倒なので黙っていた。言い合ってもしょうがない。

わたしたちは言い合ったことがないけれど、それはイコール陽ちゃんに対して腹が立たないということではない。彼の気に入らないところは、今すぐ思いつくだけでも、相当あげられる。出した物を全然片付けないとか、平気でヘタクソな嘘をつきまくるとか、ちょっとでも否定的なことを言われるとすぐムキになるとか、食事中に片肘《かたひじ》をつくとか。

だけどわたしは、今まで彼に怒ったことがないように、これからも怒るつもりはない。

多分、甥っ子や姪っ子に対する気持ちのようなものだ。人の子なら、無条件に可愛がれる。ここで厳しくしつけないと、この子がダメになるとかはまったく考えずに、可愛い可愛いと頭をなで、おもちゃを買い与える。そんなふうに、わたしは陽ちゃんに接しているのだ。

陽ちゃんは、わたしのことを優しいと言う。沙耶香は優しくないからな、なんて付け足したりもする。彼にとっては優しいが甘いということだとしたら、そんなの当たり前なのに、と思う。もしも陽ちゃんがわたしの彼氏だったら、わたしだって陽ちゃんを甘やかしたりしない。ダメなところはダメだとはっきり言うし、直してもらおうとする。欠点を可愛いだなんて思えない。

わたしが陽ちゃんを許すのは、陽ちゃんが沙耶香の彼氏だからだ。

夕方、ベッドの中で気持ちよくまどろんでいると、携帯電話の着信音が鳴り響いた。

手にとって確認すると、沙耶香からの電話だった。軽く深呼吸してから、通話ボタンを押す。

「もしも……」

「ねー、里穂《りほ》、どこにいるのー？　授業来なかったでしょ。今日はせっかく三人でごはんでも食べようと思ったのに」

「ごめん、寝ちゃってた。ごはん今度にしようよ。今日は陽ちゃんとデートしてきてくださいよ」

「それがあいつも来てないの！　携帯かけても全然つながらないし。どこでなにしてるのかわかったもんじゃないよ」

　陽ちゃんが授業に出ていないことも、電話に出ないことも、知っていた。なぜならたった今、隣で寝ているのだから。会話の内容から、わたしが誰と話しているのかわかったらしい彼が、ふざけて後ろから抱きついてくるので、わたしは声を出さずに笑いながら、彼の腕をはずそうとする。

「そうなんだ、バイトじゃないの？」

「ううん、あいつ、バイト最近辞めたみたい。ほんっと長続きしないんだから。こないだのバイトだって、一ヶ月もしないで辞めてたし」

わたしは、うん、もう聞いたから知ってるよ、とは言わない。陽ちゃんの唇が、わたしの首筋に触れる。わたしは、電話を持たないほうの手で、少しごわつく陽ちゃんの髪をなでる。え、そうなんだ、と沙耶香の話を促すように相槌《あいづち》を打つ。

「ほんと、あの根気のなさはどうかと思うよ。今度里穂からも説教してやってよ。あたしの言うことなんて、全然聞かないんだから」

「いやいや、あたしの言うことなんて、もっと聞かないでしょ」

「そんなことないよ。里穂のこと気に入ってるし」

こんな何気ない言葉で動揺する自分は問題だ。深い意味なんてないのに。あったら言えるはずがないのに。

「あははは、じゃあ今度説教するよ。体育館裏呼び出すわ」

「そうそう。集団でね。放課後に」

「ちょっと顔貸しな、とか言ってね」

大げさな笑い声を立てたのは、激しくなる陽ちゃんの息づかいが、受話器の向こう側に伝わりそうで怖かったからだ。唇の温度が、はっきりとわかる。ありがたいことに、沙耶香は何も気づかない様子で電話を切った。またごはん食べようね、という言葉を最後に。わたしは陽ちゃんに文句を言う。

「もう、ドキドキしちゃうじゃん」

「でも、こういうのもよくない？」

嬉しそうに笑う彼を見ていると、どこかで湧きあがる思いがある。ごまかすように、抱きついた。顔を見なくていいように。

「ほんと、りっちゃんの優しさを見習って欲しいよ」

言いながら、わたしにキスをする陽ちゃんは、本気でそう思っているんだろうか。沙耶香よりわたしのほうが優しいって、ほんとにほんとにそう思っているんだろうか。だとしたら、バカだ。バカだしひどい。全然優しくない。

けれど、陽ちゃんにキスを返して笑うわたしだって、充分ひどい。沙耶香のほうが優しいということや、沙耶香のほうがずっと陽ちゃんを大切にしていると伝えることは簡単なのに、そうしないのは、わたしがバカでひどくて優しくないからだ。

「あー、ずっとこうしていたいな」

わたしは身構える。ずっとこうしていたい、のは、ずっとこうしていられない、からだ。何も答えずにいると、どこか明るく響くような口調で続けられた。

「レポートあるんだよなー。すげーめんどくさいなー」

陽ちゃんは嘘をつくのがヘタすぎる。どうして沙耶香にわたしたちのことがバレていないのか、不安になるほどだ。レポートなんて自分でやったことないじゃん。友だちにうつさせてもらってるじゃん。そもそも提出すること自体も珍しいじゃん。

「そっかー……大変だね。今日はそろそろ帰る?」

「うーん……」

曖昧《あいまい》な返事をする陽ちゃんに、いればいいのに、と言ってしまいそうになる気持ちをぐっとこらえた。代わりに、指先だけで、彼の背中を軽く二回叩《たた》く。強く抱きしめられて、好きだという言葉がこぼれそうになったところで、陽ちゃんが手を離す。

「しょうがないよなー。行くわ」

着替え始めた彼の背中をじっと見ていたいと思ったけれど、そういうわけにもいかないので、わたしもわたしで、ベッドの下に散らばっていた自分の下着や洋服をかき集め、着替えだす。

陽ちゃんは着替えが早い。脱ぐのも、着るのも。さらにいうと、脱がせるのも。わたしがジーンズのホックをはめようとしているところで、陽ちゃんは立ち上がり、床に投げ出していたバッグを持った。携帯電話の画面をチェックしているのを、見て見ぬふりする。

結局、下着とジーンズ、という妙な格好で、陽ちゃんを見送るために玄関へと出る。

言うべきことが思い当たらず、彼が後ろポケットからガムを出してくわえるのを、ぼんやりと見ていた。

「ガムあげる」

語尾と同時に、唇が重ねられた。陽ちゃんの口中ですぐに柔らかくなったガムが、そのままわたしの口中へと移動する。

いつもこうだ。ガムが欲しいかどうかも訊《たず》ねず、陽ちゃんはわたしにガムを口うつしする。それをしないと帰れないみたいに。全然そんなことはないのに。陽ちゃんにとってガムを口うつしするのが習慣のように、口うつしされたわたしが笑うのもまた習慣だ。わたしが笑ったのを確認すると、じゃあ、といつもよりちょっとだけ落ち着いたトーンで言って、ドアを開けて出て行った。

陽ちゃんはこれから、沙耶香に会いに行くのだということが、わかってしまって悲しかった。

上がっていた口元を、少しずつ下げていく。そのままの姿勢で、ガムを嚙《か》むことに専念した。ブルーベリー味。いつも陽ちゃんはこれだ。

正直に言うと、ガムはそんなに好きじゃない。むしろ苦手といってもいいほどで、食べたいと思ったことは一度もない。味や香りが強すぎる気がするし、そのくせすぐに薄まってしまうのも寂しくていやだ。ちょうどいい頃合は一瞬だけ。あとはもう、吐き出すタイミングがわからないまま、惰性で噛みつづけるしかない。味が薄まってしまったガムを、ゆっくり噛むしか。


どうせ沙耶香は遅れてくるだろうと思ったこともあり、五分遅れで待ち合わせの場所に到着すると、既にそこにいた沙耶香に、笑いながら宣言された。

「はい、待たせたからランチおごりね」

「じゃあコンビニのおにぎりでいい?」

「端から端まで一個ずつ買わせてくれるならいいよ」

「絶対そんなに食べないじゃん」

くだらないことを話しながら、特に相談することもなく、いつも行くカフェに向かった。案内された窓際の席に座って、出された水を一口飲むなり、沙耶香は早口で宣言した。

「ていうか、絶対別れる」

「えぇ?」

聞き返したところで、店員がオーダーを取りにやって来たので、メニューに目を落とす。はじめから注文を決めていたのであろう沙耶香が、オムライス、とさっさと言い終えてしまったので、少し慌《あわ》てた。ロコモコ丼を指さして、店員がいなくなってから、改めて聞き返した。

「なんで？　陽ちゃんと？」

「他に誰がいるの」

そう言って笑った沙耶香の様子に、そこまでの深刻さはなさそうだ。大丈夫、これはいつもの痴話喧嘩《ちわげんか》レベルだ。安心して、話の続きをうながした。

「何があったの」

「何がっていうか、もう気に入らないところだらけだよ。バイトも辞めたし」

「ああ、電話でも言ってたね」

「あいつはほんと、根気なさすぎ。辛抱強さっていうか、そういうものがほとんどないの。欠けてるの。欠けてるっていうかゼロだね。自分がラクなほうにばっかり流れて。多分甘やかされて育ってきたと思うんだよね」

まさかわたしも甘やかしている一員だとは言えず、うなずきながら水を飲んだ。ほのかにレモンの香りがする水を。

「こんなんじゃ、今はまだよくても、就職してから絶対通用しないと思う。うちら、来年からは就活だよ？　一年なんてすぐじゃん？　あたしだって、そこまで本気で考えてるわけじゃないけど、うっすら就職についてとか思ったりするよ。でも陽平《ようへい》はほんっとにそういうのがないの。皆無なの。何聞いたって」

どこまでも続きそうに思われた沙耶香の言葉が止まる。店員が、フォークやスプーンの入った籐製のカゴを持ってきたところで。カゴがテーブルのほぼ中央に置かれ、店員が戻ってからも、沙耶香はそのまましばらく、フォークを睨《にら》むみたいに見つめていた。まるでそれが陽ちゃんであるかのように。わたしは、沙耶香にかけるべき言葉を必死で探しながら、飲みたいと思ってるわけでもない水を口に含む。

「けど、陽ちゃんと沙耶香は、いいカップルだと思う」

やっと出た言葉は、自分でも意外なものだった。

「えぇ？　なんで？　どこが？」

イヤそうな口調ではあるものの、沙耶香の表情はにこやかだ。

「なんだかんだ言って、お互いをちゃんと大事にしてるし。意見もちゃんとぶつけ合うし。そういうの、うらやましい」

本心なのに、言えば言うほど嘘っぽく響いた。なんでだろうと思うまでもなく、その問いの答えはとっくに知っていた。目の前で困ったように微笑《ほほえ》んでいる沙耶香の、長くて綺麗な薬指にはめられたシンプルなシルバーのリングは、陽ちゃんとお揃《そろ》いのものだ。内側にはお互いのイニシャルが刻印されてることも知っている。わたしを抱きしめるときにも、陽ちゃんの薬指には、当たり前のように指輪がはまっている。

「あー、あたしも彼氏欲しいなー」

わざと明るくそう言った。ますます嘘っぽく響いてしまったことで後悔したけれど、沙耶香に気にする様子はない。

「陽平の友だち、紹介しようか？」

「玉木くんに似てるなら紹介して」

「そんな人いたら、あたしがなんとしてでも付き合うっつーの」

笑い合っているところに、オムライスがやって来た。鮮やかな黄色と赤。少し遅れて、わたしが注文したロコモコ丼も届く。

「ロコモコもおいしそうー」

「交換しようよ。あたしもオムライス食べたいし」

かき混ぜたロコモコを、スプーンに大盛りにして、オムライスののったプレートの端っこに置いた。沙耶香も同じように、オムライスをスプーンに大盛りにして、ロコモコの隅にのせた。食べ物なら、簡単に分け合える。

そのままカフェで三時間ほど過ごした。話の九十パーセントは陽ちゃんの話題だった。駅まで一緒に向かい、手を振って別れた。会ったときも別れるときも、もちろん話している間も、わたしたちはとても仲良しだ。

地下鉄に乗りながら、今日の会話を反芻《はんすう》した。なんだかんだ言っても好きなんだよね、とつぶやいた沙耶香の顔が、ひどく印象に残っている。もともと美人だということを差し引いても、とても綺麗な表情だった。

沙耶香が陽ちゃんのことを話すたびに、わたしのどこかにトゲが積もる。それはもしかすると、トゲじゃないのかもしれないと思うほど細かい糸くずみたいなもの。けれど、沙耶香に会うことも、陽ちゃんに会うことも、捨てられそうにない。そもそも、わたしが沙耶香にしていることを考えたのなら、そんなトゲだか糸くずだかよくわからない何かなんて、まるで意味のないものだ。

わたしは沙耶香が本当に好きだ。ものすごく大切な友だち。でもそれはもしかすると、嫌っているよりももっともっと、沙耶香を傷つけることかもしれないと思う。車内では、次の停車駅名を伝える、やる気のなさそうな声が流れている。

陽ちゃんと初めて寝たのは、陽ちゃんと沙耶香が付き合い出して三ヶ月経った頃だ。

つまり今から一年ほど前。

陽ちゃんは、わたしに相談があると言って連絡してきた。それは方便でもなんでもなく、実際に相談だった。沙耶香が前の彼と連絡を取っていたことがわかったんだけど、一体自分はどうするべきなんだろうかという内容の。わたしたちは色気も何もない、安っぽい居酒屋で向かい合い、周囲の騒がしさに負けないくらい大きな声で語り合った。

前の彼と会ってるわけじゃないんだし、よりを戻すつもりもないと思うよ、というようなことをわたしは言いつづけた。実際、その話は沙耶香から聞いていたことだし、取るに足らないケンカだと思った。

でも陽ちゃんにとっては、かなり傷つけられる出来事だったらしい。でも、とか、いやそれじゃあ俺の気持ちが、などと言いつづけた。アルコールが入っていたことも、大きな理由としてあるのかもしれないけれど、ちっとも落ち着かない様子なのは伝わってきた。

「じゃあ、その分仕返ししちゃえば？　たとえばあたしと寝るとか」

笑いながら言ったのに、陽ちゃんは笑わなかった。ただわたしを不機嫌そうにじっと見つめただけだった。やばい、失言だったな、と思っていると、酒くさいキスをされた。周囲にたくさん人がいたのに。そのまま会計を済ませて、わたしの部屋まで行った。

あのとき話さずにいた、そしていまだに話していないことがある。わたしは陽ちゃんに相談を受ける前から、彼に恋をしていたということだ。沙耶香の彼として紹介されて、一緒に遊ぶようになってから、彼に惹《ひ》かれている自分に気づいて、そしてひた隠しにしていた。きっとずっと、言わない。

「少しだけでも、話したいんだ。他に誰にも話せなくて」

そう言った声のトーンは、明らかにいつものものと異なっていた。

電話を切ってから、わたしは、陽ちゃんを追い出すように見送った。こんなときでも、陽ちゃんはブルーベリー味のガムをくれた。

陽ちゃんに対しては、電話が沙耶香からのものだと言わず、地元の友だちからのものだと言い張った。それは陽ちゃんに心配をかけてもしょうがないと思ったからだし、女同士の話の秘密を守ろうと思ったからでもある。あるけれど、陽ちゃんにばれてしまうことで、彼ともう会えなくなる事態を想定して、恐れたのも本当だ。

三十分くらいで着くというので、その間に、大急ぎで部屋を掃除した。掃除というよりも、陽ちゃんの痕跡を払拭《ふっしょく》する作業だ。といっても、洗面台の歯ブラシと、何枚か置いていっているCDを隠し、部屋全体に芳香スプレーをかけると、他にすることは思い当たらなくなった。化粧を直して、香水をつけようか悩んでいるところで、ドアチャイムが鳴った。

ドアスコープを覗《のぞ》くと、そこに立っていたのは、確かに沙耶香だった。

「どうぞー」

言いながらドアを開け、わたしはあることに気づいた。

「ごめん、ちょっとトイレ行っていい？　中、入っててね」

沙耶香が何か言う前に、トイレに向かった。やっぱり。便座が上がったままになっていた。掃除したと思われるだけかもしれないけれど、陽ちゃんが使ったことを知っている手前、自分が気まずかった。不自然にならないよう、そのままトイレに腰かけて、息を落ち着けて、水を流してから外に出た。

「ごめんねー。飲み物、お茶でいい？」

手を洗いながら声をかけたけど、返事がない。どうしたんだろうと思いつつ、部屋に戻ると、沙耶香は、テーブルのそばで立ったままだった。後ろ姿だったけど、いつもと違う雰囲気が充分に伝わってきた。表情を確認するために、回り込んだ。

泣いていた。手首にかけたバッグの他に、何か紙を持っている。レシート?

「え、なに、どうしたの?」

沙耶香は顔をあげ、わたしを見た。目が合ったのは、今日はじめてだ、と思った。でも目が合ったのは一瞬のことで、沙耶香は目をそらしながら、ねえ、落ちてたんだけど何これ、としゃくるようにして紙を差し出してきた。予想したとおり、レシートだった。どこにでもあるコンビニのレシート。

商品名を見て、思わず声をあげそうになった。

《サンロ　ブルーベリーガム　¥104》

それでもまだどこかに冷静さもあった。

「え、これが何? 普通にガム買っただけだよー」

「陽平の最寄り駅のコンビニで? 陽平の好きなガムを?」

途切れ途切れの沙耶香の言葉の意味がつながったとき、再び声をあげそうになった。確かに、彼の最寄り駅の店名が書かれている。はっきりと手が震えた。いやいや、と笑おうとしたのに、全然思った通りの表情にならない。きっと相当変な顔をしているだろう。

わたしが黙っていることが、沙耶香をどんどん傷つけていく。沙耶香は、そのまましゃがみこんで、顔を隠すようにして、激しく泣き出した。嗚咽《おえつ》に交じって、なんで、なんで、という単語が聞き取れた。

　もしかしたらまだ間に合うかもしれない。何かいい言い訳が浮かぶかもしれない。必死に思考をめぐらせるけれど、頭に浮かぶのは回想ばかりだ。陽ちゃんとはじめて寝たときのこと。こないだ沙耶香と分けたオムライスのこと。新入生ガイダンスで、隣に座った沙耶香に話しかけられたこと。陽ちゃんの笑い顔。死ぬときってこんな感じなのかも、と思った。

　口の中に唾液ばかりがたまっていく。何か言わなきゃいけないのに。今なら戻れるかもしれないのに。また仲良くやっていけるかもしれないのに。

　狭い部屋を、沙耶香の泣き声が満たしていく。ガムを嚙みたい、と思った。陽ちゃんが口うつしでくれるブルーベリーガム。ガムを嚙みたいなんて思うのは、人生で、はじめてのことだった。

恋じゃなくても

二ヶ月が経った今でも、あのときの茂《しげる》の表情を鮮明に思い出せる。

好きな人ができたんだ。

至極シンプルな言葉だったにもかかわらず、意味を理解するのに時間がかかった。えっ、えっ、と、まるでマイクテストみたいに繰り返した。彼はその間、まつげ一つ動かさず、ひたすらにわたしのことを見つめていた。怒っているとも悲しんでいるとも取れるような表情で、うっすら笑おうとしているようにすら見えた。

ようやく意味を理解したわたしが、それでも、えっ、と繰り返していると、彼はついに目をそらして、少しずつ「好きな人」について話しはじめた。

同僚と、同僚の彼女と飲んでいるときに、たまたま近くで飲んでいたという彼女の友人が合流した。そのときは普通に飲んで騒いだだけだったのだが、妙にその人のことが印象に残っていた。また同じように飲むことがあって、ついに「この人のことが気になっている」と確信した。彼氏とは別れたばかりと言っていたけれど、かといって自分に近寄ってくる感じではないし、こちらからも具体的なアプローチはしていない。連絡先は交換したけれど、社交辞令のようなメールを送り合っただけ。歳は二つ下で、顔は少しだけ、風邪薬のCMに出ている女優に似ている。でもそこまでものすごく美人ということではない。背は低め。IT系の会社に勤めている。

彼が途切れ途切れに話す間、わたしは何も言わなかった。言えなかったのではない。途中、風邪薬ってどのメーカー、とか、飲みすぎたりはしなかったの、とか、うっかり口を差し挟みそうになって、そのたびに自制したのだ。聞いても聞かなくても同じようなことは、聞くべきじゃないと思ったし、頭に浮かぶ質問は、聞いても聞かなくても同じようなことばかりだったから。

付き合って二年半、一緒に暮らしはじめてから一年以上が経つ。その間、小さなケンカは数え切れないほどあったし、中くらいのケンカもそこそこ、大きなケンカも二回あった。でも、今回の「これ」は、そのどれにも当てはまらないようだった。ケンカにすら、させてもらえない。

「……以上です」

話し終えた彼が、黙りこくっているわたしに向かって言った。っていうのは嘘で、とは言わなかった。

「……なるほど」

彼の口調に合わせて、少しあらたまった言い方をしてから、わたしは自分が言うべきことを考えた。彼は話し終えた。次は、わたしが話す番だ。

「わたしのことは、好きじゃなくなった？」

ずるい質問だな、と思いながら聞いた。うつむいた自分を、どこかから別の自分が見ているような気がした。

「……いや、好きだよ」

苦しそうに彼が答えた。聞く前からわかっていた答えなのに、実際に彼の口からこぼれ出た途端、わたしは泣きそうになってしまった。うつむいたまま、口の中に熱いものがたまっていくのを感じていた。彼女とどっちが、とは聞けなかった。

「わたしとは、もう別れたい？」

さっきの質問のときよりも、長い沈黙があった。

「……俺に、その質問に答える権利はないよ」

無理やり作った笑いを引き連れて、茂が出した答えは、相当にずるいものだった。権利はない、なんて、何一つ言っていないのに等しい。けれど、わたしも充分にずるかった。そういうふうに答えてくれるのを知りながら、質問していたのだから。

うつむきながら、ずっと、彼の足元を見ていた。両方の足の裏を合わせた間に、右手を入れてさすっている。落ち着かないのだろう。グレー地にピンクのダイヤ柄ソックスは、一緒にバーゲンで買ったものだ。黒いジーンズも。彼女と会ったときは、どんな服を着ていたんだろう、でも同僚と飲んだってことは、会社帰りなんだから、普通にスーツだったのか。彼女は茂のスーツ姿を、どんなふうに思っただろうか。彼女は茂のことを、どんなふうに思っているんだろう。アプローチはしていないと言っていたが、茂はかなりわかりやすいタイプだし、勘のいい女の子なら、自分に気があるということはうすうす気づいているかもしれない。

「晩ごはん、作るね」

うつむいたままで言った。彼がわたしの顔を見たのが、空気の動きでわかった。わたしはそのまま、彼の顔を見ないようにして、台所に向かった。わたしの背中に向かって、茂が小さな声で、ごめん、と言った。顔を見られなくてよかったと思った。

メニューはハンバーグにした。ごはんと、豆腐サラダと、アスパラと卵のスープも。一緒に食べる頃には、もういつも通りだった。もちろん完全にいつも通りなわけがなく、必死でいつも通りにしようとしていたということだ。テレビにつっこみを入れたり、それぞれに今週起こった会社での出来事などを話したり。うっかり何か言いそうになるたび、わたしは慌てて食べ物を口の中に放り込んだ。おかげでいつもよりもずっと早く食べ終えてしまった。

ゆずの香りに包まれた浴室でも、茂の言葉ばかりがぐるぐるした。自分で自分の抱えている感情の正体がわからない。嫉妬。不安。怒り。悲しみ。泣きたかったけど泣けなかった。強めに体をこすった。少し赤くなるほど。

「珍しく長風呂だったね」

浴室から出たわたしに、茂が言った。変なまができてしまって、茂も、しまったという表情を隠しきれずにいた。

「ダイエットしようかと思いまして」

わざと変な口調で、思ってもいないことを言ったら、逆効果だった。茂の困った笑いが起きて、仕方ないのでわたしも笑った。入れ違いに彼がお風呂に行ったことに、ほんとうに安心した。こんなことで安心するようじゃ、一緒に暮らしていくなんて無理じゃないか。ドライヤーで髪を乾かしながら、気づいていることに気づかないふりをした。

手をつないで眠るのは久しぶりだった。わたしから手を伸ばした。暗闇《くらやみ》の中で目を閉じて、ちっとも訪れそうにない眠りを待つ。

「晴香《はるか》」

茂が小声になって言った。少し悩んだけど、答えなかった。代わりに規則正しい呼吸をした。

「晴香、ごめんな」

謝らないで、と言いたかったけど、呼吸を繰り返した。謝られるたびに、わたしのどこかがちぎれていく。きっとこれから、何度も謝られるのだろう。謝るなんてずるい。だけど、怒らないわたしもずるい。怒ったほうが彼はラクになれると知っているのに。寝たふりをするわたしもずるい。泣かないわたしもずるい。ずるいずるいずるい。

茂はまだ何か言いたそうだ。わたしは寝たふりを続ける。早くほんとうの眠りがやってくればいい。わたしにでも、彼にでもいいから。

その後一ヶ月、茂は、好きな人の話をしなかった。

ひどく長いひと月だった。わたしは何度も泣いたし、苛立《いらだ》ったし、少し暴れた。でもそれは全て、茂が不在の場所においてのことだった。たとえば電車、会社のトイレ、お風呂。

二人でいるとき、わたしは穏やかだった。そしてまた彼も。わたしたちはケンカどころか、小さな言い争い一つせず、静かなトーンで言葉を交わした。茂はわたしの名前を呼び間違えたりはしなかった、もちろん。

普通、としか言えなかった。平穏なわたしたちの暮らし。どこにでもいるありふれた幸福なカップル。

普通であればあるほど、違和感を覚えたし、彼だって同じように思っていることがわかった。自然であればあるほど、不自然だというのは、確かめるまでもないことだった。そしてそんな状態に耐えられなくなったのは、彼ではなくてわたしのほうだった。

飲み会の話を聞いていても、新しく出来たお店の話を聞いていても、そこに彼女の存在を意識せざるをえなくなってしまった。それは誰に聞いた話なの。それは誰と行ったの。今打っているメールは誰宛なの。今日帰りが遅いのは仕事なのそれとも。声にされることのない言葉が、わたしの中に積もって、どこにも行かずに溜まっていった。

別れればいいのだとわかっていた。別れようと伝えたら、きっと茂は、寂しそうな顔を見せるけれど、わかったと穏やかな声で答えるだろう。ごめん、とも言うだろう。まるでもう見たかのようにやすやすと想像できた。そして想像だけで、張り裂けてしまいそうなほどだった。そんな顔を見たくはなかったし、何よりすんなり別れる自信なんて、はなからなかった。

だからといって、このままの状態をうまく続けられるとも思えなかった。積もって溜まっていく言葉は、破裂してしまうだろう。詮索《せんさく》や嫉妬で、茂に嫌われてしまうことはもちろん、その前に自分をとことん嫌いになってしまうことも、恐ろしかった。既に持て余し始めている自分の想像力を思うと、それらはそう遠くない未来、確実に起こってしまう出来事のような気がした。

考えあぐねて、一つの結論に達した。想像する余地を、減らせばいいのだ。

久しぶりに揃って家で夕食をとりながら、ここだというタイミングを探していた。そして、見つけた。お味噌汁を飲む茂を見つめた。

「あのさ、なんでも話すってことに決めない？　お互いに。わたしは思ったことどんどん伝えるようにするし、茂は、その、彼女のことを相談、っていうのも変だけど。今日会ったよー、とか、そういうの、いやじゃない範囲で報告っていうか」

まるでなんでもないことのように言った。強気でも弱気でもなく、あくまで提案として。白だと汚れるから黒いのにしたら、とか、今日はパスタが食べたいな、とか、そういう言葉と同じ響きを持つように。

　しかし実際、その言葉の意味は、色や食べ物を決める程度のものではなかったので、茂は一瞬、目をそむけた。予想通りの反応ではあったけれど、ちょっと、ひるんだ。しかしここで負けてはいられない。

「やっぱり隠し事があるって不自然だと思うんだよね。ほら、隠すと、変な想像になっちゃうだろうし。不信感につながっていっちゃうじゃん？　オープンにすることで、逆にあっさりできるし、仲良く出来るかなーとも思うんだよね。空気だって、そんな、ギスギスしないで、もっとこうまったりっていうか。なんか、わたしたちにとっては、むしろ話すことが自然なんじゃないかなー、って」

　登校拒否児を、なんとか学校に行かせようと説得している先生って、こんな気分なんだろうか。わたしは必死で、しかし絶対に必死に見えない様子でしゃべりながら、頭の中ではそんなことを考えていた。茂は、目をそらしたままだった。考えているのだろうか。少ししゃべりすぎてしまったかもしれない。ごめんね、嘘、そんなのやっぱ嫌だよね。沈黙に耐えかねたわたしが、そう口を開こうと思った瞬間、彼はようやく、わたしのほうを向いた。そして、言った。

「うん。そうしよう」

タルト屋は混んでいた。日曜の夕方という時間帯では、無理もないことなのだろうか。とはいえ、店の前の椅子に座って、十分もしないうちに案内された。待っているあいだや、タルトが来るまでのあいだの会話の内容には、不自由しなかった。

「まあ、変じゃない恋愛なんてないだろうしね。変と恋って、字も似てるし」

白いプレートに載せられて出てきた、ダブルベリーのタルトを一口食べ、おいしいー、と嬉しそうに言った後、奈津実《なつみ》は、まるで続きのように、そう言った。

わたしはというと、バナナとクリームチーズのタルトを食べつつ、ほんとおいしいねー、と相槌を打っていたところだったので、少し動揺した。バナナを飲み込んで、口の中に残るチーズの味を感じながら、うん、とだけ返した。なぜか、妙に小声になってしまった。

それからまた少し沈黙があった。食べるのに集中しているのかもしれない。安心したとか、ありがとうとか言ったほうがいいかな、と思ったけど、黙ってまたタルトに手を伸ばした。上の部分だけが多めに取れてしまったので戻して、なんとかバランス良く取り分けようと苦戦していると、再び奈津実が口を開いた。

「それにしても、晴香たちは変すぎると思うけど」

フォークを握ったまま、奈津実の顔を見つめた。そこに非難や軽蔑の色がなかったことに安心して、わざと真面目な口調で、言った。

「わたしもそう思ってるところなんです」

さらに何か続けようとしたけれど、思い浮かばない。またタルトを口に入れた。本当においしい。甘すぎないし、生地もサクサクだ。

今度は茂と食べに来たいな。

浮かんだ思いに、自分自身が戸惑った。うっかり気を抜いてしまった。そんなふうに思うことは、許されていない状況なのに。今のわたしたちの生活のどこにも、タルトが介入する余地なんてないのだ。

奈津実と目が合う。考えが見透かされているはずはないのに、恥ずかしくなるような思いがした。話すことを考えているうちに、そういえばさ、と奈津実が別の友人の話を始めたので、話題はそっちに切り替わった。

でも、さっきの言葉は、助けになると思った。変じゃない恋愛なんてない。薬とまではいかなくても、栄養サプリメントくらいの感じで。

律儀な茂は、逐一（かどうかは実際のところはわからないけれど、多分そうだ）、彼女とのことをわたしに報告するようになった。送ったメールや、返ってきたメールの内容。会ったときに、どんな服を着ていて、どんな話をしたか。言うほうも律儀だったし、聞くわたしも律儀だった。話のひとつひとつにうなずき、相槌を打った。奈津実がこんなところを見たら、絶対変、って言うだろうなと思いつつ。

茂と彼女は恋愛関係に発展しておらず、茂は毎日終電までには帰宅していた。けれどそれらを差し引いても、彼の話を聞くのはもちろんつらいことだった。茂はなるべく客観的に話そうと思っているのだろうけれど、それでもはしばしに、彼女のことを好きな気持ちというのはあふれ出ていたし、彼が送ったメールにも、それがにじむようなものがあったから。

それでもマシだと思った。見えなくてつらいよりも、見えてつらいほうが、ずっとよかった。自分の想像力でどんどん真っ黒になっていくよりも、事実に傷つけられて変形されていくほうが耐えられることだった。自分を嫌わずにいられることだった。

平気。何度もその言葉を繰り返した。心の中で。あるいは一人のときに口に出して。平気。平気。

だますように呪文のようにつぶやいていた平気という言葉は、いつのまにかすんなりわたしに馴染んでいた。実際、平気だったのだ。驚くほど問題のない生活を送っていた。変かもしれないけれど、きっとわたしたちにはこの形が合っているのだ。何も問題はない。仕事も恋も、うまく回っている。

ある日、会社から帰ってきたわたしは、夕食の用意を始めた。茂は飲み会があると言っていたので（あくまで会社のものであって、彼女はいないということを強調していた）、一人分のごはんだ。余っていた冷凍ごはんでチャーハンを作って、あとはインスタントスープか何かで簡単に済ませようと決め、台所に立った。

調理を終え、いつもの食事場所となっているリビングのテーブルまでお皿を運び終えてから、えっ、と思った。そこに並べられている、自分が作った料理に驚いたからだ。もやしの味噌汁、もやしと卵の味噌雑炊、もやしと卵のチャーハン。もやしばかりだ。しかも、主食が二つ。汁物もインスタントスープで済ませるつもりだったのに。そして何よりも、これらを作りつづける間、何を考えていたのかと思うと、背筋がぞわっとした。

ぼんやりしていただけと言ってしまうこともできるけど、そうではないことに、誰よりわたし自身が気づいていた。

テーブルに並べられた料理は、まぎれもなくわたしが作ったものなのだ。それらを見つめていると、喉《のど》のあたりに、何か熱いものがこみあげてきた。いっそそのまま泣いてしまおうと思ったのに、どこに力を入れていいのかわからない。慌てて携帯電話を取りに行き、茂にメールしようとしてやめた。早く帰ってきてほしいと思う気持ちと、同じくらいの強さで、お願いだから帰ってこないで、と思っている。

変な夕食をつくってしまった数日後から、明らかに茂の様子が変化した。心ここにあらずという感じだ。

わたしはそれを、自分のせいだと思っていた。わたしの様子がおかしいことに、彼が気づいてしまったのだと。だけどそれは、自惚《うぬぼ》れだった。茂が見ていたのは、わたしなんかじゃなかった。

「過去ってどのぐらいひきずるもんなのかね」

「女の子の爪で、色がグラデーションになってるのって、それ専用のマニキュアがあったりするの?」

「恋愛の決め手になる条件ってなんなんだろうな」

茂が時折混ぜてくる、独り言のような言葉たちから、わたしは何かを読み取ろうとした。彼女との進展が思わしくないのだろう、ということくらいは伝わってきたけれど、それが限界だった。さらに読み取ろうと思い、こちらが相槌を打っても、返ってくるのは、的外れな言葉だったり、沈黙だったりした。

週末、二人で掃除をしていた。彼は浴室をスポンジで洗い、わたしは居間で掃除機をかけていた。彼が何か言ったような気がして、あわてて掃除機を切って、浴室に向かった。

「ねえ、今何か言った？」

「ううん」

聞き間違いか。居間に戻ろうとしたわたしの背中に向かって、彼が言った。

「でも話そうと思ってたんだ。俺、ふられたんだよね」

「えっ」

反射的に声が出たものの、その後に続く言葉がなかった。振り向いて、彼をじっと見た。彼はしゃがんで、壁をスポンジでこすっているところだったので、立っているわたしが見下ろす形になった。

「流れ……っていうのも変だけど、まあ流れで、メールで告白したんだ。けど、だめだった。『これからも仲良くしてください』って言われたけど、仲良くっていってもなー」

多分おもしろいことのように話そうとしたんだろうけれど、まるでうまくいっていなかった。手には泡がついている。もうそこの汚れは取れているから、磨かなくてもいいのに。

はじめて、彼女のことを憎いと思った。今までどんな話を聞かされても、こんなふうに思ったことはなかったのに。ふざけんなと怒鳴りつけてやりたい気持ちになった。でもそれはもしかすると、彼女じゃなくて茂に対してのものかもしれなくて、さらには自分に対するものなのかもしれなくて、混乱した。

残念だったね、と言うのは変だろう。よかったね、とはもちろん言えない。わたしは、そっか、とつぶやいて居間に戻った。掃除機をかけなくてはいけないのだ。

彼が、ますます遠くなってしまった。

時間はいつだって流れていて、次の週末は等しく訪れる。

わたしは雑誌を読み、彼はＴＶを見ている。同じ部屋、手を伸ばせば触れられる距離にいながらも、わたしたちは何一つとして共有できていない。

ページを繰っていても、情報はまるで入ってこなかった。二ページ前にあった記事すら、記憶できていない。それでも平然と雑誌を読みつづけていたわたしは、あるページで手を止めた。飛び込んできた色鮮やかな写真。タルトだった。もしかしてと思って確認してみると、やはり、この間奈津実と行ったお店だ。しばらく、写真に見入った。

他のページも一通り眺めてから、さっきの紹介ページに戻り、再び悩んだ。それから、久しぶりに声を出した。

「タルト、食べに行かない?」

わたしは雑誌から目を離さずに、けれど横目で茂の様子をうかがいながら言った。ずっと考えてたわけじゃないんですよ、あくまでも今思いついただけのことなんですよ、そう聞こえるように。

「……タルト?」

彼は、ブラウン管から目を離さないまま、口だけを動かした。なんでこの人は、見てもいないTVから目を離せずにいるんだろう。あらゆるものを、もう遠いどこかに置いてきてしまったような様子で。いや、様子とかじゃない。ほんとうのことなんだ。

熱いものが溜まってきて、喉をこえて上昇していく。あの夕食を作ったときと同じだけど、さらに強い感覚。今なら泣けると思ったけど、一番しちゃいけないことだというのもわかっていた。今のわたしがすべきことは、茂とタルトを食べに行くことだ。

「うん、これに載ってるの。こないだ奈津実と行ったとこ。『厳選された素材でつくりあげられたタルトは、もはやデザートの枠にとどまっていない』だって。これは大げさだけど、かなりおいしかったよ。季節のフルーツとか。甘さも控えめで上品だったし」

茂は何も言わなかった。いっそ、行けないとか、食べたくないって言ってくれればいいのに。わたしは、構わずに続けた。

「見てるとますます食べに行きたくなっちゃった。カスタードクリームも超トロットロなんだよ。写真見てみる?」

「タルトかー」

相変わらず茂は視線を動かさない。写真を無理やりでも見せるべきか、悩んだ。

「タルトかー」

茂が同じ言葉を繰り返した。何を考えているんだろう。同じタルトという語から、わたしたちが連想するものは、パソコンとジャングルくらい異なっているものなんだろう。彼の気持ちは、わたしの届かない場所にある。必死で背伸びすることにも、ジャンプすることにも、わたしは疲れはじめている。

それでも。

「行こう!」

思ったよりも大きな声になってびっくりした。茂も同様らしくて、驚いた顔でわたしのほうを見た。やっと、視線が合った。喜ぶようなことじゃないのかもしれないけど、それでも嬉しかった。この人は、わたしのことが見えていないわけじゃないんだ。

「着替えて！　早く！　行こう！」

「え、どうしたの？」

「いいから。行こう。ほら、準備しよう！」

言いながら、茂を立ち上がらせた。身体《からだ》に触れたのも、久しぶりのことだった。懐かしい感触。

「着替えよう。タルト、食べよう」

彼の目を見ながら、はっきりと言った。少し目が潤んでいることに、気づかれたかもしれない。何か言いたそうな顔をしている。薄い唇にキスしたいと思ったけど、やめた。今はとにかく、タルトを食べに行きたい。同じ目的を持って、同じ行動を取りたい。もうそれは、恋じゃないかもしれないけれど。恋じゃないとしたら、単に変になっているだけということになってしまうのかもしれないけれど。なんでもいい、と思った。

「行こう」

わたしは、もう一度、はっきりと言った。茂が何か言い出す前に。

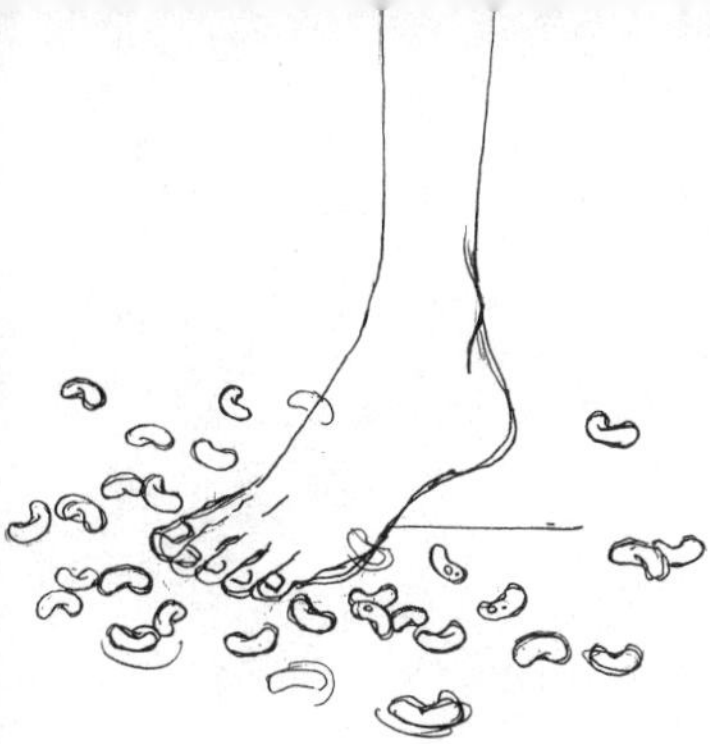

甘く響く

「ミネミネは、ジェリービーンズっぽい感じがする」

不思議キャラが定着している志保《しほ》ちゃんの発言が思い出される。周囲からいつも、えー、とか、またそんなこと言ってー、とか言われる志保ちゃんだけれど、その発言に関しては、みんなも納得するような態度を見せた。横で聞いていたあたしも、なるほど、と思わなくもなかった。

ミネ自身は、そうかなあ、と曖昧な笑みを浮かべるだけで、話題は別のものへと流れていった。先日の飲みの席での話だ。

どうして発言を思い出したのかというと、今まさに、目の前にあるからだ。カラフルなジェリービーンズが、片手に簡単におさまるサイズの瓶《びん》に入って、棚に並べられている。

加えて、どうして発言が印象に残っていたかというと、あたしがミネを好きだからだ。ミネのことに関してだけ、あたしの記憶力は抜群にいい。誇れるようなことではない。むしろ、記憶するだけで、それを全然生かせない自分が、時々いやになってしまうくらいだ。

電車が遅れたのは、人身事故の影響ということだった。既に列ができている改札で遅延証明書をもらうことが、面倒くさく感じられ、三限の授業をパスすることに決めてしまうと、今度は時間が中途半端に余ってしまった。立ち寄った駅前のお店は、海外のお菓子や、海外の文房具が並び、どこに視界をずらそうとも、さまざまな色が飛び込んでくる。

ジェリービーンズの入った小さな瓶を、右手で取った。思ったよりも軽かった。買おうかどうか悩んでから、結局あたしはそれを棚に戻す。再び志保ちゃんの言葉がよみがえる。

四限は休講だった。ありえない。ありえない。

そのまま帰るのも悔しいので、第三学食に立ち寄ることにした。知り合いが誰か一人くらいはいるんじゃないかと思って。

予想通りだった。予想以上だった。ミネが退屈そうな様子で、長い両腕をテーブルの上に投げ出し、左耳を腕につけて、よくわからない方向を見ている。

「態度わるーい」

言いながら、向かいの席に腰かけると、ミネが顔をあげた。

「お前かよー」

「態度だけじゃなく口も悪いね」

買ったばかりのペットボトルをあけ、烏龍茶《ウーロンちゃ》を一口含むと、ミネが、お茶くれ、と言う。答える前に奪われ、あたしが今飲んだ四倍くらいの量を一気に飲まれてしまった。そのうえ、これあんまりおいしくないな、とケチをつけるので、乱暴に奪い返した。少し早口で、ミネに話しかける。

「せっかく来たのに、四限休講だった」

「何の授業」

「文章論。先生は、えーと、小林」

「ああ、俺、それ去年取ったわ。確かに突然休講になるよな。身体弱いのかもね」

「休講なら事前に言ってほしいよねー。突然休みたくなっちゃうのかな。今日は風が強いから外出るのいやだなあ、とか」

「それ、いやな教授だなー。カメハメハ一族かよ」

驚きながら、ミネを覗き込んだ。ミネは、なんだよ、と不思議そうな表情を見せる。

「ミネ、今、なんて言った？」

「え？　カメハメハ一族かよ、って」

「カメハメハ？」

「知らないの？　歌にあるじゃん。カメハメハ大王」

「いや、歌は知ってるけどさ。南の島の大王でしょ？　それ、ハメハメハだよ！　カメハメハじゃないって！」

思わず声が大きくなってしまう。烏龍茶を口に入れた。ミネが笑い出す。

「バカ、ハメハメハじゃねーよ。カメハメハ大王だろ。ハメハメハって、お前そんな、AVのタイトルじゃないんだから。ほんとエロいな」

烏龍茶を吹き出しそうになってしまい、慌てた。なんとか全て飲み込んでから、再び口を開く。

「エロくないよ！　っていうか絶対ハメハメハだって。カメハメハって、ミネ、鳥山先生に影響受けすぎ」

「いや、鳥山先生は神様だし、影響受けてるのは否定しないけど、大王はカメハメハだよ。俺、ちっちゃいときにハワイに行って、像見たもん。カメハメハ大王の像」

「それ、ハワイじゃなくて、近所のハワイアンセンターとかじゃないの？」

「ハワイアンセンターとハワイ間違えるって、どんだけだよ」

「ミネならありえる」

「ひでー。ありえません。あ、そうだ！」

ミネが、いきなり上半身ごと起き上がり、あたしをまっすぐに見つめる。ドキっとした。何か聞くより先に、ミネが話し出す。まるで重大な任務であるかのように、ちょっとだけ小声になって、真剣なトーンで。

「調べに行こうぜ、今から。パソコンルーム」


ミネこと峯川明生《みねかわあきお》との出会いは、雷おこしだった。浅草のあの有名すぎるお菓子、ではなく、大学の音楽サークルの名前だ。

入学式前日に行われた、プレアドバンスドテスト（実態は単なる英語のクラス分けテスト）を終えて校舎を出たときの、キャンパスの様子に驚いた。

お祭りじゃん。

通路という通路に、出店が立ち並び、それぞれがカラフルな看板を掲げている。いったい何の、と考える前に判明した。見るからに上京したての新入生という空気をまといながら、とりあえずテストで隣り合っていた女の子と歩いていたあたしの手は、たちまちありとあらゆるサークルのビラでいっぱいになった。一緒に歩いていた子と、すごいね、すごいねー、などと言い合っていると、やけに熱心な先輩に、行く道をふさがれた。ともかく今日の飲み会に来てよと言う彼の差し出したビラには、大きく「雷おこし」という墨で書かれたような文字があった。ちょっと笑った。

そんなふうに勢いで、引きずられるようにして参加した新歓飲みだったけれど、飲み会の最中、お腹が痛くなるほど笑いつづけていた。ついに八年生になることが決まった先輩が、バイトの面接のときに、どうせ履歴書なんて細かいところまで見ないだろうと思って、【趣味：モーフィン】と書いたら、そのことしか突っ込まれなかったという話や、他の先輩が、深夜に家に帰ったら、十年も飼っている犬に激しく吠えかかられ、さらには噛まれかけたという話がおもしろかったというのもある。あるけど、それだけでもなかった。

お祭り気分が続いていた。ちょっとした雑誌ができそうなほどの枚数のビラを配られたときから、飲み会の間じゅうずっと。数時間前までは全く何も知らなかった人たちとここで居合わせていることが、ものすごい奇跡だと思えたし、それでいてなんだか前から決まっていた自然なことのようにも思えた。

女子高時代、文化祭でバンドをやったときの興奮や気持ちよさも、いい思い出として残っていたあたしの口から、叫ぶように言葉が飛び出した。

「雷おこし、入ります！」

言い終えてから、自分が笑ってしまった。雷おこし入ります、って。熱心に勧誘していた先輩はもちろん、周囲の人たちもはっきりと聞いていた。そして同じように笑った。笑いが少しおさまったときに、隣の隣の席で飲んでいた男の子に、別の先輩が言ったのだ。

「で、もちろんお前も入るよな！」

「はい！　どこまでも付いていきます！」

あたし以上に大きな声だった。反射的に、声を出した子の顔を見ると、彼もまたあたしを見ていた。一瞬の間があってから、

「ってことでよろしく！」

と彼がジョッキを持った腕を伸ばしてきたので、あわててグラスを持ち、乾杯をした。カチン、という音。パーマ（天然だというのは後で知った）がかった、金に近い明るい茶色の髪の男の子を見ながら、さわやかな笑顔とはこういうのを言うのだろうかなんてことを思った。

それが、あたしとミネの初めての乾杯で、出会いだった。ここって築何年だよと突っ込みたくなってしまいそうな外観の中華料理屋で。黄ばんだ手書きメニューの紙が規則性をまるで持たずに貼られた、数え切れないほど壁にしみのある個室で。

一フロアに五部屋あるパソコンルームは、受付に置いてある専用モニターで、それぞれの使用状況を見ることができる。いずれも空席は少ないようだった。あ、ここ空いてそうじゃん、とミネが言い、あたしの反応も確かめずに歩き出したので、追いかける。

混んでいる室内で、なんとか隣がけの二席を確保すると、ミネはさっそく右下の本体スイッチを押した。

画面が起動するまでの少しの間、あたりを見回す。知っている顔は見つけられなかった。黒いリクルートスーツを着た人が結構いる。就職活動。来年なんて、まだまだ先みたいに思えるけど、きっとあっという間なんだろうな。

「お、立ち上がった」

待ちきれない様子で、マウスに手を置いていたミネが、嬉しそうに言う。あたしも視線を、周囲から隣のミネのモニターへとうつした。相変わらず、くしゃくしゃとかぼさぼさとかいう言葉の似合う、ミネの後ろ頭。

ミネが、検索サイトのウィンドウに、「カメハメハ大王」と入力し、検索ボタンを押す。すると、あたしの意図に反し、画面は、「カメハメハ大王」に関するページは数十万件もあることを示している。あたしのテンションとミネのテンションが反比例する。

「ほら、やっぱりそうじゃん！　カメハメハだったろー。ほら、見てみ、このページ、カメハメハ大王の像が載ってる。いやー、やっぱカメハメハだったな。一瞬でも自信をなくしてしまって、カメハメハ大王に申し訳なかったよ」

「えー、ハメハメハだと思ってた。みんなそう歌ってたよ」

「かわいそうに。まあ小さい頃の過ちは誰にでもあるから、気にすんなって」

「なに、その余裕っぷり」

「まあ、カメハメハ大王知らないからって、仲間はずれにはしないから大丈夫だよ。にしても、ハメハメハって。何をはめてるんだよ」

憎たらしいことを言いながら、パソコンを終了させようとするミネの目の前、すなわちパソコンモニターの前に、手を差し出した。手の平で画面を覆うように。

「なんだよ」

「ねえ、ハメハメハ大王、も検索してみてよ」

「えー？　いいけど、ＡＶパッケージが出てくるだけだと思うよ」

「そしたらほんとに負けを認めるよ」

今の時点で素直に認めろよなー、と言いつつも、ミネが再びブラウザを起動させ、「ハメハメハ大王」を入力する。検索ボタン。結果、約十万件のデータ。

「えー」

驚いているミネの手からマウスを奪うようにして、表示された中から適当なページをクリックする。ハメハメハ大王の歌詞が全文紹介されている。戻って、他のページを開いたけれど、そこも同じような感じだった。

「やっぱり、歌はハメハメハなんだよ！」

思いのほか大きくなってしまった声に、自分自身が慌ててしまう。もっともミネには、あまり気にする様子はなく、画面を見つめながら、えー、まじかー、と繰り返しつぶやいている。

「でも、カメハメハ大王の像っていうのはハワイにあっただろ、やっぱり」

振り向いてそう言ったミネに、そうだね、と短く返す。

でもさ、結局二人とも間違ってたってことだね。そうあたしが言うより先に、ミネが振り向いたまま、笑顔になって、本当に嬉しそうに言った。

「でもすげーな。二人とも正解とは思わなかった」

きゅーん、という感じだった。胸が鳴った音が聞こえた気がした。

ああ、やっぱりあたしはミネが好きだなあ、と思った。思ったというより、確信とか確認とかいうほうが近い感じだった。こういう考え方をするこの人のことが、あたしは本当に好きなんだ。

思いに気づかれるはずはないのに、やましさをおぼえて、視線を下にずらすと、ミネの手が視界に入った。組まれた両手が、面倒くさそうに膝の上に投げ出されている。ドラムスティックの似合う大きな手だ。左中指にはまったシルバーリングを見つめながら、あたしもなぜか両手を組んだ。

再びミネの手に視線をうつす。今ここで手に触れたら、さすがに冗談にはならないし、笑いにはつながらないよなあと思いつつ、ミネが、いやあ、すげえよ、などと言い続けるのをぼんやり聞いていた。

築何年だよと突っ込みたくなってしまいそうな外観の中華料理屋の、黄ばんだ手書きメニューの紙が規則性をまるで持たずに貼られた、数え切れないほど壁にしみのある個室にいる。すなわち、あたしとミネが出会った、そして何度も何度も飲み交わした場所。

パソコンルームに向かいながら、勘違いしていた方が、夕食をおごるという約束を交わしていた。結果、割り勘ということになったものの、一緒に夕食をとる計画だけが残されたので、ラッキーだ。あたしにとっては。

おしぼりを持ってきたアルバイトであろう店員に、ミネが早口で注文をする。

「えーとね、生二つと、餃子と麻婆豆腐と、あー、あと、漬け物。とりあえずそれで」

「すみません、あと春巻きもください」

急いでそれだけ付け加えると、店員がいなくなってから、ミネに文句を言った。

「ちょっと、少しは相談してよ。注文するならさー」

「え、なんか飲みたいもんあったの？」

「いや、そりゃあ、一杯目はビールだけど」

「じゃあいいじゃーん。むしろ、ミネさん注文してくれてありがとう、でしょそこは」

「むかつくわー」

全然むかついていない口調で言うと、ミネが笑った。一瞬のち、あ、と何かを思い出した顔で言う。

「どうかしたの？」

「忘れてたー。ごめん、ちょっと電話していい？」

いいけど、というあたしの答えを完全に聞き終える前に、ミネは携帯電話を取り出すと、電話をかけはじめた。もう、と思いつつも、黙って待つことにする。

「もしもし、あ、峯川ですけど。うん。遅くなってごめん。あのさ、今、サキといるんだ。いつもの中華。え、流れで。うん、だからこっち来なよ。はいはい、待ってます、はーい」

当然のことながらミネ側の言葉しか聞こえない電話だったけれど、状況は伝わってきた。あたしが知っている誰かが、この場に来る。いつもミネとつるんでいる淳平《じゅんぺい》や佑介《ゆうすけ》のことをなんとなく浮かべつつ、誰が来るの、と聞いた。答えは予想外のものだった。

「ああ、ごめんな、説明してなくて。志保ちゃん」

「え」

思わず声が出て、しばらく続く言葉がなかった。なんで、とか短い単語すら出てこない。ミネは不審がることもなく、話し出す。

「今日、昼に学食で一緒になったんだけどさ、そんときに夜めし一緒に食うかーってなってて。すっかり忘れてたよ。ひどいかな」

「なに、デート？　もしかして、邪魔だった？」

ようやくいつもの感じを取り戻しつつ、訊ねた。違うって言って、と強く強く思いながら。

「ちげーよ。んなわけないじゃん。志保ちゃんとデートって、なんか、おまじないとかさせられそうだしな」

ミネが笑い、あたしも笑う。よかった、と安心する気持ちと、でもじゃあ何で、と渦巻くような思いが混ざって、変な笑い方になってしまう。

ビールと食事が運ばれて、少しすると、志保ちゃんが登場した。

「来たよー。あー、咲子《さきこ》ちゃーん」

あたしに笑いかけながらも、志保ちゃんは当然のように、ミネの隣に座った。あたしの隣だって、もちろん空いているのに。ミネもミネで、自分の荷物を寄せて、志保ちゃんが隣に座ることを不思議がってはいない。

志保ちゃんの分のおしぼりを持って、再び店員がやってくる。てっきりミネが、さっきのように注文するかと思いきや、志保ちゃんはメニューを見ながら、真剣な様子で悩んでいる。結局彼女が、カルアミルクを注文し終えるまで、ミネが口を挟むことはなかった。店員がいなくなって、あたしの心には、この部屋の壁にあるみたいな小さなしみが残る。

「咲子ちゃんは、今日どうしたの？　ミネミネと授業が一緒だったの？」

志保ちゃんの問いに、どこから答えていいのかわからなくなる。長く説明することでもないような気がして、あー、そうじゃないんだけど、となんとなく濁していると、ミネが横から口を挟んだ。

「あ、ねえ、志保ちゃん、この歌知ってる？　南のー島の大王はー」

「知ってるよー。ちっちゃいときに歌ったよ」

「え、じゃあ、今の続き歌える？」

「うん。その名も偉大なカメハメハー、でしょ？」

ミネが爆笑する。ほら、やっぱ、みんなこうやって歌ってるもんなんだって、な、とあたしの顔を見つつ、嬉しそうに笑う。あたしも一緒に笑おうと思うのに、顔が変にひきつる。志保ちゃんに気づかれないかが、不安だった。

バカみたいだと思った。バカみたい、本当に。

実際に志保ちゃんとミネが付き合っていることはないと思う。ごはんを食べようと言ったことも、志保ちゃんがミネの隣に座ったことも、きっとそれほど深い意味はない。ましてや、志保ちゃんがミネと同じ勘違いをしていたことなんて、本当にただの偶然以外の何者でもなくて、あたしだけが、勝手に何かを読み取ろうとしている。

えー、ねー、なんなのなんなの、という志保ちゃんに、ミネがさっきの話を説明しはじめる。だいぶ長くなってしまいそうなのに、きちんと話すつもりのようだ。

唐突に、今日見たジェリービーンズの瓶のことを思い出した。

ねえ、今日ジェリービーンズ見たけど、確かにミネに似てるかもね。なんだろうねー、雰囲気かな。雰囲気っていっても、物だから雰囲気なんてないんだけどさ。志保ちゃんが言ってた通りだよー。

頭の中で組み立てられていく言葉は、実際に声にはならない。ミネが、パソコンルーム行ってー、と説明するのを見ながら、残りわずかなビールを飲み干す。

結局、終電まで三人で飲み続け、家に帰り着いたのは深夜だった。

メイク落とさなきゃな、と思いつつも、ソファ代わりでもあるベッドに腰かけてぼーっとしていると、携帯電話の音が鳴り響いてびっくりした。急いでバッグから取り出し、着信画面を見ると、ミネの名前が表示されていたので、ますますびっくりした。

「もしもしっ」

「あー、峯川ですけど。ごめん、もう家？」

「うん、今ちょうど着いたとこ」

「お、よかった。ま、こっちはとっくに着いてたけどね」

「ミネん家、学校から超近いもんね、いいなー」

大丈夫、普通にしゃべれてる、と思いつつも、手に汗がにじむ。電話越しに聴く、普段よりもくぐもったミネの声が、耳に甘く響くから、一言も逃したくない。

「でさ、ごめん、さっき話せよっていうようなことなんだけどさ」

「うん」

ますます緊張しながら、言葉の続きを待つ。

「サキ、前に、健康と科学取ってたよね？　一般教養科目の」

「うん」

「教科書ってまだ持ってる？」

「うん、あるよ」

「書き込みもしてある？」

「全部じゃないけど」

「よっしゃあ。素晴らしいね。それ、ください。お礼ならするから」

そんなことか、と思いつつも、嬉しかった。電話の向こう、音楽に混じるようにして、ふーっと息を吐く音がする。タバコを吸っているのだろう。目を閉じると、タバコを吸うミネの姿をすんなりと思い描くことができた。見てもいないミネの部屋の様子まで一緒に。

「えー、そんな、お礼だなんて悪いなー。そりゃあ、ちょうど、新しいバッグが欲しいなあと思ってたところではあるけど」

「お前はほんとに高い女だな」

「そうそう。安売りしないからね」

「まあ、またあの店あたりでひとつ。青汁サワーおごってやるよ」

青汁サワーは、今日見たメニューで、新商品として紹介されていたものだ。まずそう、とか、ミネ飲みなよ、とか話題にはしたものの、結局誰も飲まないままで帰ってきてしまった。

「それ、お礼なのか罰ゲームなのかわかんないよ」

あたしの言葉に、ミネが笑う。笑ってほしいと思った。もっとずっと笑っていて欲しい。たくさん。いくらでもくだらない話がしたい。何時間でも。

けれどもちろん、そんなことはなくて、ミネが、じゃあ教科書持ってきたら連絡してー、と電話を切り上げようとする。

思わず話しかけた。

「ねえ」

「ん、どした?」

ん、というミネの声が、今まで以上に甘く響いた。思わず、腰かけた姿勢のまま、足だけを前後に揺らす。

「えーとさ」

「はい」

「んーと」

自分でも笑いそうになるくらい不自然だと思った。いかにも、何か特別なことがありますって言ってるみたいだ。

「なんだよ、なんか、さっき言い忘れたことでもあった? カメハメハの話?」

言い忘れたこと。

「好きです」

もやもやっとしていた思いが結びつき、きちんと何らかの形を作る前に口が動いていた。自分でもびっくりした。ミネも驚いているのがわかった。テレビ電話でもないのに、表情の細かな部分まではっきりと浮かんだ。

自分の発した言葉の意味をきちんと理解しても、あたしは意外なほど落ち着いていた。ついに言っちゃったな、と思ったものの、どこか他人事のような感じがある。風邪で鼻がつまっているときにごはんを食べても、あまりおいしくない感覚に似ている。現実感が薄れていた。それでも起こっていることは現実だという認識くらいはあったので、電話の向こうで流れている曲に耳をすませた。多分『NUMBER GIRL』だ。

ふっ、というミネのかすかな笑い声で、やっと空気が動いた。いやな種類の笑いじゃなかったことは、一瞬でわかった。安心して、あたしも同じように、ふふっ、と笑ってみせた。

「なんか、こういうのは、敬語になっちゃうもんだね」

笑ってくれるといいなと思いながら、言葉をつなげたら、本当に、ははは、なんだそれ、と笑ってくれたので、ものすごく嬉しくなって、顔がにやけてしまった。少し続いたミネの笑い声が、普段よりもさらに甘く響いて、恋だなあ、恋だよなあと思った。この人がこうやって笑うのを、ずっと聞いていたい。ずっと、何時間でも。

「他にも言い忘れたことある?」

すっかり聞き入っていたので、質問されて慌てた。えっ、と言いながら、言葉の意味を探る。同じ言葉を繰り返してもいいものなのか。

「ううん、大丈夫。それじゃあ」

「え、言い逃げ?」

笑いながら言われたので、笑いながら答える。

「あたし、実はさあ」

「うん」

「地元では言い逃げ番長と呼ばれ、近所でも評判の」

「ははは、それ強えーんだか弱えーんだかわかんねーな。てか嘘じゃん」

「うん、嘘」

笑ったあとに、沈黙が訪れた。続いてほしい種類の沈黙だった。電話越しに聴く『透明少女』を憶えておこうと思いつつ、口を開いた。

「突然で、ほんとごめん。とりあえず、そんな感じで」

「まじで言い逃げ番長じゃん」

「そりゃそうだよ」

言った途端、一気に、強烈な恥ずかしさが押し寄せてきた。お前らこの数分間どこに隠れていたんだというような勢いで、体中を熱くしていく。こんなんじゃほんとに言い逃げ番長だと思いつつも、電話を切ることにした。

「それじゃ、ほんと、またね」

「あ、えっと、俺も好きだから。じゃあ」

ミネの言葉に、電話を持ち直す。

「え、待って待って、今、すごいこと言わなかった？」

「いやいや。じゃあまた」

「言い逃げ？」

「俺、実はさあ」

「うん」

「地元では言い逃げ番長と呼ばれ、先日も隣町の番長との争いでは」

「言い逃げの上にパクリじゃん！」

「俺、地元ではパクリ番長と呼ばれてて、今の大学に入ったのも、『君のパクリには将来性がある』ということで目をつけられたからなんだよね」

「あ、パクリ枠だね。そんなのないけどね」

結論に達するまでの遠回りみたいな会話を、しばらく続けた。修学旅行初日の夜みたいに、完全にはしゃいでいた。次の日の自由行動を禁止されても無理がないくらいにはしゃぎすぎていた。明日学校で会ったときにいろいろ話そう、という結論に達するまでの二時間、あたしたちはずっと笑っていた。

けれど、本当は笑わないような話でもよかった。今の日本の政治を憂うこともできたし、株価の値動きについて語ったってよかった。なんでもよかったのだ。

電話を切った瞬間に、またしてもジェリービーンズのことを思い出した。カラフルな小さな粒たち。明日ミネに会ったら話そう、と思って、直後に、でもきっとまた忘れちゃうし、他に話したいことがたくさんあるな、と思い直す。

ミネが笑う姿を、頭の中で思い描いてみる。話したいことも、聞きたいことも、たくさんある。ひとまず、会いたい。会いたい。会いたい。声にはしないつぶやきを繰り返しながら、メイクを落とすために、お風呂場へと向かった。今の気持ちを、この夜の形ごと、とどめておきたいと思いながら。

スリップ

ただいま三十分待ちでーす、と大声をあげる男性係員の脇《わき》を抜け、列の最後尾に着いた。係員がこちらをちらっと見て、一瞬目が合う。ずいぶん若そうに見える。大学生のアルバイトだろうか。

前に続く列を見渡した。並んでいるのは、ほとんどが女の人で、大体が友だち同士で来ているようだ。ところどころ、スーツ姿の男の人が、いかにも居心地悪そうに順番を待っている。

携帯電話を取り出して、午前中に届いていた、友だちからのメールに返信する。あっというまに作成と送信を終えると、することがない。携帯電話をしまうと、再び列に目をやった。視界の端にとらえた、男の人の姿に、気になるものがあった。彼を視界の中央に置いて、少しの間見つめるうちに、思わず声をあげそうになった。

え、あれって、もしかして。

さすがに声を出すことはしなかったけれど、目が離せない。似てる。似すぎてる。けれど、最後に会ってから、もう十年以上が経つのだ。別人ということも大いにありえる。ただ、あの右目斜め下のほくろや、細長い輪郭を見る限り、記憶の中の姿より歳を重ねているものの、やっぱり岡田としか思えない。見ているうちに、自分が少しだけ口を開けていることに気づき、慌てて引き締めた。

列が大幅に動く。列の、店内からはみだした、外に並んでいる部分に関しては、お店に近づくにつれて、一直線から細かいカーブへと変化する。わたしより前方にいる彼は、細かいカーブ部分に並ぶこととなり、姿をより見やすくなった。

見れば見るほど、岡田のように思える。ただ、真正面から見たわけではないことで、完全な自信を持てずにいる。そもそも、岡田だったとして、平日の午後に、スーツ姿で、こんなところに並んでいるだろうか。大体、彼が転校していったのは名古屋だ。それから東京で就職する可能性というのは、もちろんゼロではないけれど、そんなに高いものでもないだろうし。

やっぱり、似ているだけで、別人だろうか。

再び携帯電話を出そうかと考えていると、あまりにも長時間向けられる視線を察してか、完全に偶然かはわからないけれど、岡田に似た男の人がこちらを向き、はっきりと目が合った。初めて真正面から彼の顔を見たわたしは、またしても口を軽く開いていただろうと思う。さらに、多分反射的に目をそらしたはずの彼が、慌てて首を動かし、再びこちらを見たことで、確信は強まった。

やっぱり、本人だ。

ありありと驚きの表情を浮かべた彼に対して、岡田なんだよね、という確信寄りの疑問の意味をこめて、軽く首をかしげた。

彼が、行列を抜けて、こちらへ近づいてくる。わざわざ抜けなくても、と手で制そうと思ったけれど、それよりも、彼がわたしの前に立つほうがずっと早かった。

「西間《にしま》……だよね？」

「やっぱり！　岡田？」

思わず大きな声が出た。岡田は、いつのまにかわたしの後ろに並んでいた人たちに頭を下げながら、隣に入り込む。後ろの人たちに申し訳ないような気がしたけれど、考えてみれば、彼は列のずっと前に並んでいたのだから、別に問題はないのだった。

「えー、なんでなんで、っていうか何年ぶり？」

「俺が聞きたいよ。なんでお前、こんなとこにいるの」

少し大人びてはいるものの、声もまぎれもなく岡田のもので、にやけてしまうのを止められない。岡田にとっても同じような感じらしくて、さっきから、意味のない笑い声をまじらせている。

「すごいね、ありえないよね。岡田って、東京にいるの？」

「いや、俺は名古屋。東京に出張中。お前は何してんの？」

「え、ドーナツ買おうと思って並んでて」

「バカ、そんなんわかるっつーの。今じゃなくて、仕事とか、住んでるとことかだよ」

「あ、そういうことか、ごめんごめん」

ほんっと変わってないな、と言う岡田も、全然変わっていないようにわたしには思えた。スーツだし、髪型だって違うし、顔だって歳相応になっているけれど、全然変わってない。

「大学から東京出てきたんだ。今は、調剤薬局に勤めてる」

「調剤薬局？　って、あの、病院から薬もらったりするときの？　え、まさか、薬剤師？」

「そんなはずないじゃん。事務だよ、事務」

「びびったー。rememberをリムーバーって読んだ西間が、薬剤師になってるなんて、世も末だと思った」

「うっわ、懐かしいっていうか、よくそんなこと憶えてたね！　岡田は、どういう仕事してるの？」

わたしの質問に、岡田が、持っていた黒いバッグから何かを取り出し、一枚の紙を手渡してきた。受け取ってそれが名刺だと気づき、何かが名刺ケースであることにも同時に気づく。名刺には、広和アド、という社名と、営業部主任という肩書き、岡田の名前、そして会社の所在地と電話番号、メールアドレスが書かれていた。

「アド？　広告会社なの？」

「すごいじゃん、英語、少しは得意になったんだな」

「バカにしすぎー。CMとか作ってるの？」

「ローカルCMくらいなら。けど、俺は、営業だから、実際に作ってるわけじゃないよ。実際に作るのは制作部で、俺の仕事はクライアントから注文をとってきたり、出したい広告のイメージを聞いたりすること。あ、クライアントって、西間には難しすぎる言葉？」

ほんとバカにしすぎ、と笑いつつ、改めて受け取ったばかりの名刺を見た。書かれている岡田の名前と、営業部主任と、広告会社という三つの点が、うまく結びつかなかった。それだけ歳を重ねているのだから、岡田が働いていることは当然のはずなのに、不思議な感じを拭《ぬぐ》いきれない。

騒いでいるうちに、列が進んでいく。いつのまにか、さっき岡田がいたカーブ部分にさしかかり、そこでも話し続けていると、店のドアが目の前まで迫っていた。ここからもまだ、実際に買うまでには少しだけ時間がかかりそうだけれど。

制服を着た店員が、ご試食として出来立てのドーナツをお配りしておりまーす、と言いながら、並んでいる人たちに一つずつドーナツを手渡していき、わたしと岡田もそのまま受け取った。この試食も、お店の売りであるらしかった。ペーパーナプキン越しに、出来立てだというドーナツのあたたかさが伝わってくる。さっそく一口かじった。

「柔らかいね。おいしい」

同じようにドーナツを食べはじめた岡田にそう言うと、無言でうなずかれた。わたしも黙って食べることに集中する。ふんわりとしていて、口の中で溶けるような食感だった。あっというまに食べ終えて、隣を見ると、岡田はさらに早く食べ終えていたようだった。

「食べるの早いね」

「一口だよ、一口。うまいな、これ」

「甘いもの好きなんだっけ?」

「うん、昔から好き。っていうか、正直、ここのドーナツをなめてたな。人におみやげに頼まれたから来たんだけど、ドーナツなんて東京じゃなくたっていいじゃん、とか思ってた。今、俺、ここのオーナーにすげー謝りたい気持ちでいっぱい」

「じゃあ土下座してきなよ」

笑いながら言うと、相変わらず手厳しいな、と同じように笑って言われた。どんなふうに言い返そうか悩んでいると、お次お待ちのお客様ー、と呼ばれ、レジの前に移動した。

注文と購入を済ませ、ドーナツの箱が入った袋を受け取ると、お店を出た。行列の邪魔にならないところに立っていると、少し遅れて、岡田が出てきた。当然、彼の手にも同じ袋がある。

「にしても、ほんと今日はびっくりした」

驚きを改めて感じつつ言うと、岡田も激しく首を縦に振る。

「ほんとだよな。でもよかった、これで人違いだったら、俺、完全にナンパ扱いされてもしょうがない状況だったよな。あ、ねえ、連絡先教えてよ。俺、今日はもう戻らなきゃいけないんだけど、また東京来ることもあるし」

「え、日帰りなんだ？　大変だね。電話、赤外線通信できる？」

「おー、できるできる」

言いながら、彼がポケットから携帯電話を取り出すので、言ったこちらも慌ててバッグから携帯電話を探る。

「箱、傾いてる」

言われて、自分が携帯電話を取り出すことに集中しすぎて、ドーナツの袋が傾いていたことに気づく。わ、ほんとだ、ありがとう、と答えながら直すと、変わらないなあ、と笑われた。さっきも同じようなことを言われたと思いつつ、なんとか携帯電話を取り出した。

「じゃ、俺が送信するから、あとで連絡して」

「うん、わかった」

赤外線通信機能を使って、携帯電話のデータを受信する。電話番号もメールアドレスも無事に受け取れたことを確認すると、手を振り合って別れた。帰りの電車内、頭の中できちんと計算してみると、十二年ぶりの再会だった。

岡田とは、中学一、二年と、同じクラスだった。

一年生のとき、同じ美化委員になったことをきっかけに、ちょっとずつ話すようになった。話しているうちに、好きなお笑いコンビや、好きなテレビ番組など、なにかと趣味が合うことがわかって、どんどん仲良くなった。

強く思い出すのは、ゲームのことだ。わたしは当時、流行《はや》っていたレーシングゲームのソフトを親に買ってもらうと、毎日のようにやっていた。けれど、全部のステージで優勝することが条件である、特別なステージの出現を成功させることが、ずっとできずにいた。そのことを、委員会中、岡田にひそひそ話していると、彼は悩むことなく言った。

「俺、クリアできるよ。ステージ出そうか？　今日部活ないし」

言葉どおり、委員会が終わると、岡田がわたしの家にやって来て、わたしが三位に入るのがやっとだったステージを、いとも簡単にクリアしてくれた。彼が選んだキャラクターは、操作が難しく、わたしが使ったことのないものだった。彼は、ゲーム内のわたしのハイスコアを見て、なんでこんなに遅いんだよ、と爆笑した。確かに彼の出したスコアは、わたしと数十秒の差があった。その後、試しに対戦してみると、岡田の圧倒的勝利に終わった。別のゲームソフトを引っ張り出して対戦したものの、ほとんどが同じ結果だった。中には、岡田が初めてやるというソフトもあったというのに。

岡田がクリアしてくれたおかげで出現したステージを、わたしはそれから、やっぱり毎日のようにやり続けた。最初はコースから脱線してばかりいたそのステージの、優勝カップをようやく手に入れたとき、季節は動いていた。わたしは図書委員で、岡田は体育委員だった。優勝カップを片手に掲げて、嬉しそうに動く画面内のキャラクターを見ながら、岡田に伝えなきゃ、と思っていた。

次の日、四時間目が終わったときに、岡田が今日の給食係でないことを確かめると、彼の席に向かい、座っている彼に言った。

「やっと優勝したよ」

一瞬、何のことだろう、と言いたげな顔を浮かべた岡田は、直後、おお、と嬉しそうな声をあげてくれた。こちらまで笑ってしまうような、素直な喜びの声だった。

「でも、だいぶ時間経ってるよなー。何のことかと思った」

「毎日やり続けてたんだけどねー」

「毎日？　まじかよ。西間、絶対免許取らないほうがいいよ」

「でも、実際の道は、バナナでスリップしたりしないじゃん」

久しぶりだな、と考えていた。委員会が変わってからというもの、一言二言の会話を交わすことはあっても、こんなふうに話すことは全然なかった。なんだか、ずっと話したかったような気がした。

給食の準備ができるまでの十分ほど、なんてことのない会話を続けた。席に戻ると、わたしを待っていたかのように、同じ班の女の子に話しかけられた。頼まれて、一緒に廊下に出るなり、彼女に聞かれた。

「美香《みか》ちゃん、秘密守れる?」

どういうことだろうと思いつつも、うん、と答えると、彼女はためらいを見せた。ほんとに秘密なんだけど、と言いながらなかなか話し出さない様子だった彼女は、わたしが、給食始まっちゃうから、放課後でもいいかな、と教室に戻ろうとした頃になってようやく、口を開いた。

「美香ちゃん、岡田くんと付き合ってるの?」

「違うよ」

即答すると同時に、彼女が言おうとしていることが、わかった気がした。次の瞬間、そんな予想が当たっていたことを知る。

「よかった。実はね、わたし、岡田くんのこと好きなんだ。協力してもらえないかな」

協力ってなんだろう、と考えもせずに、わたしはうなずき、答えた。うん、もちろんだよ。

その後、具体的な協力ということはできないまま、とりあえずわたしは、岡田とは極力話さないようにした。たまに話しかけられることがあっても、すぐに会話を切り上げた。

いつのまにかレーシングゲームをやらなくなり、学年は変わった。再び同じクラスになった岡田とは、相変わらずほとんど話さないままだった。制服が夏服に替わったくらいの時期に、岡田が転校することを担任が発表した。転校。

発表を聞いた当日、部活を終えて帰ろうとしていると、教室に入ってきたのは、岡田だった。二人きりの教室で、口を開いたのは、わたしのほうだった。

「転校しちゃうんだね」

わたしたちはぽつぽつと話した。うん、お父さんの仕事で。どこだっけ。名古屋。行ったことないや。俺もない。結構遠いよね。新幹線に乗り換えて、三時間弱くらいかなあ。そっか。別の男子が入ってきて、岡田に話しかけるまで、わたしたちは短い単語ばかりで構成された会話を続けていた。

二人きりで話すのは、きっと今さっきのが最後になるだろう。一人の帰り道でそんなことを思った。実際に岡田が転校するまでは、まだ日数があることも知っていたのに、やけにはっきりと予感していた。なんとなく泣きそうになったことで、自分が岡田のことを好きなのだと知った。

その後のことはあまり憶えていないけれど、多分予感は当たっていただろうと思う。結局、わたしが岡田に何かを言うことはないまま、彼は名古屋に行った。行ったことのない名古屋は、当時のわたしにとって、ひどく遠い、絶対に届かない場所だった。

ドーナツ屋で会った日の夜、受け取ったアドレス宛に、わたしの連絡先を書いたメールを送ってみると、さっそく返信が来た。さらにその返信、返信、と繰り返していくうちに、飲みの誘いが来た。来週、また東京に来る予定があるのだという。悩むことなくOKしたものの、飲みに行くまでの数日は、ずっと緊張していた。

待ち合わせ場所に現れた岡田は、こないだと同様に、スーツ姿だった。紺地に小さなピンクの水玉柄のネクタイが似合っていたので、そのまま伝えると、ああ、なんか水玉って人気みたいだね、と興味がなさそうに言う。ほめてるのに可愛げがないなー、とか言おうかと思ったけどやめた。

事前のメールで、お店の選択は任せると言われていた。案内したのは、時々行く居酒屋だ。週末のせいか、席はほとんど埋まっていた。テーブルについて、いつもより少し大きめの声で会話を交わす。

そう高いお店でもないし、気に入ってもらえるか心配だったけれど、だし巻き玉子や鶏皮サラダを食べながら、うまいを連発する岡田の様子に、嘘や気遣いなどはなさそうで、安心して言った。

「お店、ダメ出しされたらどうしようかと思ってた」

「選んでもらってダメ出しして、俺ひどすぎじゃん。よく来るの？」

「うーん、たまに。もともと、職場の先輩に教えてもらって」

「仕事、何してるんだっけ。……って、こないだ薬局って言ってたか。ごめんごめん」

話している岡田の手が、テーブルの下で動く。ポケットの中から取り出したらしいライターで、同じく手にとったタバコに火をつける。タバコの箱がテーブルの上に置かれた。

一連の動作を見ていたわたしの視線に気づき、白い煙を吐き出した岡田が言う。

「ごめん。苦手だった？」

慌てて、わたしから煙を遠ざけようと横を向く彼に、ううん、とだけ答えた。苦手じゃないのも嘘ではなかったけれど、言えなかったこともあった。

タバコを吸う仕草が、馴染んでいた。少なくとも、この数ヶ月に吸い出したわけではないことが伝わる雰囲気や自然さがあった。

「ごめんな、ほんと。確認してから吸えって話だよね」

「ううん、本当に平気だから大丈夫だよ」

やっぱり言えるわけなかった。タバコを吸う彼の姿が、当然中学時代のイメージとは結びつかなくて、それなのに妙にしっくりときて、思わず目を離せずにいたことを。単純でありふれた言葉にしてしまえば、かっこいいと感じたことを。

話は尽きなかった。思い出話、転校してからの話、今の話、共通の友人の話。わたしたちはよく飲み、よく食べ、よく笑った。お腹いっぱいだと言いながら頼んだオムそばを、苦しいと言い合いながら食べ終える頃には、終電の時刻が近づいていた。

会計を済ませて、駅へと歩き出してから、岡田のホテルがどこにあるかを確認していなかったことに気づき、訊ねた。

「今日、どこに泊まるの？　電車大丈夫かな」

「うん、決めてないから。適当に漫画喫茶でも入ろうと思って」

話す岡田の横顔は、酔って赤らんでいた。多分わたしの顔も、同じくらい、あるいはそれ以上に赤くなっているのだろう。

「え、そうなの？　会社でホテルとかとってくれてないの？」

「うん、もともと出張自体は日帰りなのを、俺が勝手に休みとくっつけちゃってるからね。どうせ明日の朝一で帰るし、とりあえず仮眠とれればいいよ。駅前に漫画喫茶ありそう？」

どうかな、と答えてから、迷いつつ言葉を付け足した。

「だったら、うち泊まる？　狭いし汚いけど。一応布団はあるよ」

「え、迷惑じゃないの？」

「うん、いいよ。明日も仕事だから、朝は少し早めに出ちゃうけど」

「それはもちろんいいよ。俺も早めに出るから。うわー、ごめん、助かるわ。ありがとう」

あまりに無防備な様子に、拍子抜けしてしまった。一瞬でも緊張したり悩んだりしたわたしが、ちょっと間抜けに思えるほどだった。

まさに最終の電車になんとか乗りこんで、自宅の最寄り駅に着いてから、コンビニに寄って、岡田の歯ブラシなど必要なものを買い、部屋を目指す。散歩にはちょうどいいくらいの気温だ。

「俺さあ」

二人とも、しばらく無言でいたので、突然の岡田の言葉に少し驚きながらも、うん、と話の続きを待った。

「今だから言うけど、西間のこと好きだったんだよね。中学時代」

「え、ほんとに？」

声がうわずった。なに、今の声、と言いながら岡田が爆笑する。うわずっちゃった、と言いながら、わたしも思わず笑った。静まりかえった住宅街に、わたしたちの笑い声が響く。おさまったところで、改めて言った。

「びっくりしたー。わたしも好きだったんだよ」

「え、ほんとに？　……だめだ、うまくうわずったりできない」

「真似しないで」

「うん、真似できない声だった」

そう言って、再び岡田が笑う。今日だけでも何度も彼が笑うのを聞いていたのに、笑い方は変わってないんだな、と初めて思った。

何も言わずに、自分の右手を、岡田の左手に伸ばした。岡田の左手が、一瞬ぴくりとして動きを止めて、確かめるみたいに、わたしの手を握った。鼓動の速さが、徐々に強まる岡田の手の力に比例する。力が止まっても、速さはおさまらなかった。

「わたしも、好きだった」

改めて言った。右から、小さく、うん、という声が聞こえた。

電話が鳴ったので、時間を確認する。夜十一時二十分。いつもより少し遅めだ。もしもし、と電話を取った。

「岡田だけど」

「うん。仕事おつかれさま」

「ありがとう。西間は今日はどうだった?」

「んー、特に。やけに交通事故の患者さんが多かったけど」

わたしたちは一日に起きたことをそれぞれ報告しあう。少し話が途切れると、あるフレーズが頭をよぎる。今日はわたしから言った。

「会いたいな。あと三日が、すごく長く感じる」

「俺も。俺のほうが会いたいかも」

「わたしの会いたさをなめてるでしょう」

誰かに聞かれていたなら、恥ずかしくてたまらなくなりそうな会話を、わたしたちは交わす。会いたいとか好きとかいう言葉を数え切れなくなるほど繰り返して、切りたくないと言い合いながら電話を終える。一日の終わりに好きな人の声が聞けた嬉しさと、今すぐに会えないことの切なさを抱えながら、眠りにつく。夜の電話は、初めて岡田がわたしの家に泊まった翌日からの、習慣となっていた。もう二ヶ月になる。もう中学生ではないわたしにとって、名古屋はひどく遠い、絶対に届かない場所ではないけれど、けしてコンビニのような場所でもない。いまだにわたしは、名古屋に行ったことのないままだった。

何度か、わたしが名古屋に行くことを提案したけれど、受け入れられなかった。東京とあまり変わらないよ、というのと、お金を遣わせてしまうのが申し訳ないし、というのが彼の意見だった。さらに、わたしの勤務形態にも大きな問題があった。薬局の休みは基本的に、定休日である木曜と日曜なので、連休にするためには有休を使う必要がある。岡田はそのことも気にしているようだった。

この二ヶ月、わたしたちが会ったのは三回だ。内二回はいずれも出張で、木曜の日帰りだったので、岡田が仕事を終えた夕方、ラブホテルに行き、新幹線の時刻までを、薄暗い部屋で過ごした。なるべくギリギリまでいられるように東京駅から近い場所を選んではいたものの、数時間だけのそんな会い方には、むしろ寂しさを募らせる部分もあった。

残り一回は、岡田が週末の休みを利用して、やって来てくれた。来る前の電話では、観光にも行こうかと話していたのに、結局ほとんどを、わたしの部屋で抱き合いながら過ごした。土曜の夜に居酒屋に行ったのと、日曜の夕方に駅まで行ったのだけが、外出らしきものだった。そして、ドーナツ屋。

岡田がまたしても、おみやげに人から頼まれてしまったということで、ドーナツを買いに行ったのだ。日曜の午後、ドーナツ屋の行列は、前回わたしたちが偶然会ったときよりもずっと長く、一時間ほど待つとのことだった。くっついて並びながら、ひそひそと言葉を交わした。

「俺、ここで、好きな人に偶然会ったことあるんだ」

「嘘。わたしもすごく好きな人に、十年以上ぶりにここで再会したよ。ありえないよね」

ひどくバカなことを言い合っていると知りながら、会話を続けた。ずっと続けていたかった。わたしたちは笑ったり小突き合ったりしながら、列の中にいた。受け取った試食のドーナツは、前回よりもさらにおいしく感じた。

ドーナツが入った袋を持った岡田の後ろ姿を、駅の改札で見送ってから、二週間ほどが経つ。次に彼が来るのは三日後の金曜日だ。うちに泊まれることになっている。ここ数日ずっとそうであるように、早く明日になりますように、と思いながら眠った。

翌日の夜もまた、電話が鳴った。夜八時三十五分。やけに早いと思いながら画面に目をやると、表示されていたのは別の名前だった。そういえば着信音も、岡田からのときとは違うものだ。ぼんやりしすぎかも、と思いつつ通話ボタンを押した。

「もしもし、美香？　久しぶり。元気してる？」

表示どおり、電話は、高校時代の友だちである中田っちからのものだった。今度結婚する予定の沙穂《さほ》の二次会幹事を、一緒にやってくれないか、という彼女からのお願いを、すぐさま了承した。その後も、沙穂の結婚話から始まり、共通の友人の近況、さらにはそれぞれの近況というふうに話題はつながっていった。

「美香は最近どうなの？　彼氏できたー？」

できたよ、と言おうとしてから、中田っちとは中学も同じだったことに今さら気づき、別の言葉を返した。

「ねえ、中田っち、岡田って憶えてる？　中学時代の」

「え、彼氏の話は？　で、なに、岡田？　うん、憶えてる。っていうか、あたし、何年か前に会ったよ。大学三年のとき」

予想外の言葉に、えっ、と驚きの声をもらすと、事情を説明してくれた。中学時代、中田っちの母親と岡田の母親がとても仲が良かったため、岡田の転校後も、母親を通して、たまに様子を聞くことがあったのだという。実際に話すことはなかったのだけれど、大学時代に中田っちが彼氏と名古屋旅行することになり、岡田のことを思い出して連絡してみたら、お勧めのお店などをいくつか教えてくれて、名古屋来るなら、ついでに一緒にごはんでも、となったらしい。ただ、それから中田っちの携帯電話が壊れてしまい、メモリが全部消えてしまったため、今は連絡先を全く知らないという。

「そうなんだ。わたし、こないだ、偶然会ったんだよね」

「まじで？　どこで？」

驚く彼女に、今度はわたしが状況を説明した。今付き合っている、という部分に話を移そうとしたとき、中田っちが質問を挟んできた。

「すっごい偶然だねー！　そういえば、岡田って、今もあの子と付き合ってる？　なんだっけ……、あ、ユウコちゃん」

「ユウコちゃん？　誰？」

「聞いてない？　ってことは別れたのかな。あたしが彼氏と名古屋行って岡田と会ったとき、向こうも彼女連れてきてて。超可愛い子だったよ。岡田もベタボレって感じで、彼女が席立ったときに、『ほんとは東京に出たい気持ちもあるんだけど、ユウコの実家が名古屋だし、他に行くことは考えてないみたいだから、俺もやっぱり名古屋で就職することになると思う』みたいな話をしてて。あたしと彼氏は、就職まで彼女に合わせるなんて、ほんと大好きなんだねー、とかって言ってたんだよ。でもそっかー、別れちゃったんだ」

「……知らなかったなー。そんな可愛い子と付き合ってたんだ」

「もうめっちゃ可愛かったよ。雑誌の読者モデルやったりしてるって言ってたし」

その後、今度飲むときは誘ってよ、という中田っちの言葉に返事をしながらも、心は別のところにあった。結局、今わたしと岡田が付き合っているということを、中田っちには伝えられないまま電話を切った。頭からユウコさんのことが離れなかった。

わたしにだって、今まで付き合った人が何人かいるのだから、岡田にしたって同じことだろう。昔の彼女がいることなんて、当たり前のことじゃないか。そんな冷静な思考の一方で、割り切れないもやもやした思いが渦巻く。

岡田からは、その後も、翌日も、いつもと同じように電話がかかってきた。ユウコさんのことを聞こうと思ってやめたのは、電話越しだと、雰囲気が悪くなってしまいそうに思えたからだ。直接会ったときなら、嫉妬してしまっても、すぐに彼に触れることができる。それに、触れてしまえば、嫉妬も少しは和らぎそうな気がした。

結局、わたしがユウコさんのことを訊ねたのは、岡田と久しぶりに会って四時間ほど経った頃、わたしの部屋にたどり着いてからだ。初めて一緒に飲んだときのように、わたしたちは二人とも酔っぱらっている。

部屋に入るなり、わたしを強く抱きしめてきた彼の腕の中で、好き、という言葉を何度かつぶやいた。反対に、彼が何度か同じ言葉をつぶやくのも聞いた。

身体を離し、冷蔵庫からお茶を取り出して、グラスに注いでいるときに、今なら聞ける気がして、そうした。

「こないだ、中田っちと電話したよ」

「中田？　そういえば、大学時代に会ったよ。あいつが名古屋来て」

「うん、言ってた。で、ユウコさんのこと聞いた」

途端に無言になった彼の顔を、台所から確認すると、明らかに動揺の色が浮かんでいた。聞いたわたしまで、動揺してしまうくらいの。

「……ごめん」

重たい沈黙の後に、岡田の口から出たのは、短い単語だった。ごめん？　予想外の言葉に、わたしは沈黙を続けた。

「嘘つこうとか思ってたわけじゃないんだ。ちゃんと話さなきゃって考えてた。でも、こうなっちゃって、俺、ほんとに西間を好きだって思って。もう、何言っても言い訳だけど」

再び沈黙する彼の、泣きそうにも見える、少し赤らんだ顔を見ながら、わたしは今の言葉の意味を必死に汲《く》もうとした。そして、結論に達した。

ユウコさんは、今も、岡田の恋人なんだ。

途端に、いくつかの断片が浮かび上がった。ネクタイをほめたときに、他人事のような感じだったのは、彼女が選んだものだったから。わたしが名古屋に行くことに賛成しなかったのは、自分の部屋にわたしを入れたくなかったから。今まで考えずにいたことが、次々とあらわれては、形をつくっていく。

きっと、ドーナツも。

わたしと一緒に試食したドーナツを、名古屋に戻った岡田は、彼女と一緒に食べたのだろう。柔らかいしおいしいね、また買ってきてね、と笑う彼女の姿を、実際に見たかのように想像できた。

今、この場で、それでも好き、と言うのも、ひどい、と言うのも同じくらい簡単なことに思えた。ペットボトルを冷蔵庫に戻し、グラスを持って歩き出すと、傾いた片方のグラスから、お茶がこぼれた。両手にグラスを持ったまま、フローリングの床にできた小さな水たまりを見つめた。早くふかなきゃ。そう思いながらも、黙って床を見ているわたしを、岡田が見ているのがわかった。

もどれない

クレアチニン、という単語を何度か聞き返した。それがバンド名だという。佐智《さち》さんの彼は、ベースを弾いているらしい。

「じゃあ、一枚ください。行きますよ」

あたしがそう言うと、佐智さんは明らかに驚いた表情を見せた。バイト先であるレンタルビデオ屋の、タバコの匂いがしみついたバックルームには、あたしと佐智さんの二人きりだ。

「え、ほんとに？　ほんとに？」

まるでだましているんじゃないかとでも言いたげなその様子に、笑いそうになりつつも、チケットを受け取った。あたしが行くと言ったことが、佐智さんにとっては、完全に予想外だったみたいだ。チケットがあたしの手に渡ってからも、佐智さんの手は、渡す瞬間の形のままで固まっていた。

「お金は、バイトあがってからで大丈夫ですか？」

「え、もちろんいいよ！　当日でもいいし！」

あせったように言う佐智さんを見ていると、もしかしてものすごくつまらないのかも、と少し不安になってきたけど、日曜日に予定は入っていない。クラスの友だちと出かける予定が、その子の部活の練習が入ったことで流れてしまっていた。一人で家にいたり、用もないのにどこかをフラフラするよりは、バイト先の先輩の彼氏のバンドを見ているほうが、よっぽど有意義なのではないかと思った。それに、なんとなくかっこいいとも思ったのだ。知り合いのバンド（正確に言えば知り合いの知り合いのバンド、なわけだけど）を見に行くっていうことそのものが。


ライブに出演するバンドは三組で、佐智さんの彼のバンドの出番は一番最後ということだった。開場直後にライブハウスに現れたあたしを見つけると、入口前に立っていた佐智さんがそう教えてくれた。だからそのへんでヒマつぶしてたほうがいいかも、ごめんね、ごめんね、と何度も謝りながら。

「いいですよー、別に。ヒマなんで。他のバンドも見てますよ」

そう言ったあたしに、佐智さんはまだ何か言いたそうな様子でもあったけど、あまり気にせず、中に入ってみることにした。

ライブハウスに来るのははじめてだ。数年前、コンサートで文化会館に行ったことならあるけど、まるで違う雰囲気だ。受付でチケットを見せると、半券とドリンクチケットに加え、大量のチラシを渡された。紙の扱いに困りつつも、ドリンクチケットを、横のドリンクカウンターと書かれた場所で出し、ジンジャーエールを受け取る。中は思いのほか狭かった。ざっと数えて十人くらいしかいない。ひるむような気持ちになりつつ、こういう場所にはさも慣れてるって感じで、壁にもたれかかって、ジンジャーエールを飲みながら、もらったチラシをぱらぱらとめくった。中にはこのライブハウスのパンフレットも入っていて、ミュージシャンのインタビューなんかも載ってたけど、知っている人はいなかった。他のチラシはどれもライブの告知だった。やっぱり知らない名前のバンドばかりが並んでいた。

すぐに見飽きてしまったので、携帯を出してみたけれど、圏外だった。地下だし無理もない。始まるまでにはまだ十五分ほど時間がある。しょうがないので、パンフレットを再びめくろうとしていると、後ろから肩を叩かれた。振り返ってみると、佐智さんが立っていた。

「びっくりした」

あたしが言うと、佐智さんは、ふふふ、と笑って、

「何飲んでるの?」

とたずねてきた。

「ジンジャーエールです」

と答えてから、少し沈黙があったので、佐智さんは何飲んでるんですか、と付け足すと、やっぱり、ふふふ、と笑うようにしてから、

「カシスオレンジ」

と言った。ああそうか佐智さんは二十歳過ぎてる大人なんだよな、と口には出さずに思った。

話すことを探しつつも、持っていたパンフレットに目を落としていると、佐智さんの隣に男の人が立った。佐智さんが話しかける。

「さっき洋介《ようすけ》さんが探してたけど会った?」

「おー、会った会った。こないだスタジオにライター忘れてなかったっけとかそんなん。いや見てないですよって言ったら、超へこんでんの。たぶん綾《あや》ちゃんにもらったやつなんじゃないの?」

「綾ちゃんのことまだひきずってるんだー。ウケるねー」

二人の話し方からして、この人が佐智さんの彼氏なのだろうということは容易に想像できた。ちらっと顔をあげると、佐智さんがそれを待っていたかのように、あたしに対して口を開いた。

「あ、これ、ユウト。で、こっちが真実《まみ》ちゃん、ほらバイトの」

「あー今日はほんっとわざわざありがとうございます。すみませんねえ、こいつがチケット無理やり売りつけたんでしょ？」

「もう、なんでそんな人聞きの悪い言い方すんの！　してないよ！」

ユウトさんが、佐智さんを指さしたまま、笑ってあたしを見てくるので、なにか言おうと思ったけれど、変な笑い声をこぼすしかできなかった。

「おどされてたら言ったほうがいいよ？　こいつ怒るとまじ怖いからさー」

「うるさいってば！」

佐智さんがユウトさんの肩を叩き、ユウトさんが大げさな様子で、いってーなーと言うのを見ながら、少し笑って、ジンジャーエールを飲んだ。早くも薄まっているような気がする。

「あ、そろそろ始まりそう。じゃ俺あっち行くわ」

「うん、頑張ってねー」

ユウトさんが去っていくときに、あたしにも微笑みかけたので、慌てて、頑張ってくださいね、と言ったけど、小さな声になってしまったので、聞こえたかどうかはわからなかった。

始まりそう、と言っていたユウトさんの言葉どおり、目をやったステージ上では、既にセッティングが始まっているようだった。ドラムを叩いたり、配線をつないだりしている。チラシを見て、最初にやるバンドの名前が『ショートライフ』であることを知ってから、再びステージに視線を戻した。セッティングはもうおおかた終わりらしい。

「なんか、ほんとごめんねー。足とか疲れてない？　大丈夫？　ごめんね」

大丈夫ですよ、と答えたけれど、佐智さんは困り顔を崩さなかった。そんなに申し訳なさそうにしなくても、と思ったけれど、言葉にするのはためらわれた。紙コップの中身を口に含む。もはやジンジャーエールではなくって、ジンジャーエール風味の水だ。

最初のバンドと次のバンドの演奏は、どう控えめに言っても、よくなかった。最初のバンドはボーカルが音痴で、歌い方に癖があり、歌詞を聞き取ることすら難しかった。次のバンドは、イントロの時点で、よくないことがわかった。このバランスの悪さは異常なのではって感じだったし、不協和音に聞こえた。しかもあえてそういうものを狙《ねら》っているというわけでもなさそうだった。あたしは音楽のことなんて全然詳しくないけど、逆に言うと、そんなあたしでもわかるくらいのダメさだった。

ただ、そんな感じでありながらも、ファンなのか知り合いなのかは結構たくさん来ていたようで、二番目のバンドの演奏が終わると同時に、会場内の人も減ってしまった。残っているのはどうやら、最後のバンド、つまり佐智さんの彼がやってるバンドの知り合いだけらしい。こういうもんなのかな、と思う。

二番目のバンドがステージを去ってから続いていた、佐智さんの謝罪、というと大げさだけど、繰り返されるごめんねに答えているうちに、セッティングは終わったようだった。佐智さんが、あ、と声をあげたので、ステージに目をやると、もう佐智さんの彼たちは、演奏をはじめようとしていた。

「こんにちはー。『クレアチニン』です。えーと、せっかくなんで、みんな前のほうで見てください」

なんだか不機嫌そうにも聞こえる言い方で、ボーカルが言い、見ていた人たちは、ざわつきながらゆっくりと前のほうに移動しはじめた。笑い声なんかも聞こえる。あたしも前のほうに行くことにした。けれど、当然そうするものと思っていた佐智さんは、あたしの予想に反して、まったくこの場から動く気配を見せなかった。

「行かないんですか、前?」

「うん、だって、緊張しちゃうもん」

笑いながらそう言った佐智さんが一瞬、いつもよりずっと幼く、年下の女の子みたいに見えた。あたしは下に置いていたバッグを持った手前、動かざるをえない感じになっていたので、流れにしたがって前のほうに移動した。ステージの近さに驚く。飛び乗ろうと思えば簡単に乗れる。

「じゃあ、最初の曲やります。『フィルムエイト』」

イントロが鳴り出す。ベースを持つ佐智さんの彼の表情は、真剣なもので、佐智さんが緊張する理由がちょっとわかった気がした。あ、この曲はわりと好きな感じかも、と思いはじめると同時くらいに、歌がはじまった。

意味もわからず　さよならとか言ったから　戻れない　戻れない
あいまいさだけで　二人つながってたけど　もういいかい　もういいかい
ゆるく放り投げて　ためいきを　にぶくまじらせた

今　空から
なつかしいハミングが聴こえたから　顔をあげたけど
見覚えある青が広がるだけ　広がるだけ

一番が終わって間奏に入る時点で、この曲好き、と、今度ははっきりと思った。切ない恋愛映画に似合いそうなメロディーだった。タイトルのフィルムっていうのは、そこから取ったのかな。

そしてあたしは、いつのまにか自分の視線をボーカルに固定させていた。最初の不機嫌そうな様子は変わらなかったけど、歌っている様子は違う人みたいに思えた。すごく遠くを見ながら歌っていた。腰からぶらさがったウォレットチェーンが揺れている。

ステージ左右の巨大なスピーカーから、音と一緒に、振動までやってくるような感じがする。佐智さんはどんな顔してるのかなと思って、ちらっと振り向いてみたら、祈るみたいに両手を組んで、眉間《みけん》にしわを寄せて、不安そうな顔でステージを見ていたので、笑いそうになった。あたしもまたステージを見る。二番を歌いだそうとして、ボーカルが息を吸い込んだのがわかった。

曲が全部終わってから、バンドの人たちはそのままステージを降りて、見ていた人たちに挨拶《あいさつ》をしに回ってきた。見慣れなくて妙な光景だった。さっきまではステージにいた人たちが、今は目の前で普通にしゃべっているというのは。

じゃああたしそろそろ帰ります、今日は楽しかったです、と言うつもりでバッグを持って佐智さんに近寄ると、あたしよりも先に、佐智さんが口を開いた。

「真実ちゃん、このあとは予定ある?」

「え?」

思わず聞き返してしまった。

「これから打ち上げやるんだよね。だから真実ちゃんも来なよー。ね?」

「え、でも、それってあたしが行っても大丈夫なものなんですか?」

「もちろん大丈夫だよ!　行こう行こう」

悩む気持ちももちろんあったけれど、行くことにしたのは、今日このライブに来たのと同じ理由だった。なんとなくかっこいい気がして。佐智さんと話しつつも、会場内をぐるりと見渡す。ボーカルを発見して、そこで視線を止める。友だちらしき人と大笑いしている。思ったより背は高くないんだな。

「あ、それでね」

「えっ？」

少しやましい気持ちで見ていたので、佐智さんに声をかけられて驚いてしまった。佐智さんは不審がる様子もなく、言葉を続ける。

「バンドのみんなは、後片付けとかあるし、先に行ってるように言われてるんだよね。一緒に行こう？」

ボーカルがいることも、打ち上げに参加する理由の一つかもしれない。まだ彼のことを何も知らないのに、そんなふうに思っていることに気づいて、慌てて打ち消した。はい、と言いながら、佐智さんと一緒にライブハウスを出る。


三次会は佐智さんと彼氏であるユウトさんの部屋だった。一次会の居酒屋には十五人ほどがいたけれど、二次会で別の居酒屋に移動する頃から、明日の仕事やバイトがあるということで次々と帰っていった。今部屋に残っているのは、佐智さん、ユウトさん、ドラムの黒田さん、バンドメンバーの昔からの友だちだという愛美《まなみ》さん、あたし、そしてシュウジさん。既に愛美さんは別の部屋で眠ってしまったので、実質五人。もし居酒屋に遅れて入ってきたシュウジさんは、迷うことなくあたしの隣に座った。

ちろん、そこがたまたまあいていたという理由でしかなかったのだけれど、あたしをドキドキさせるのには充分だった。彼があたしの顔を覗き込み、あれ、はじめましてだよね、と言ったとき、あたしはもう彼のことを好きになりかけていたのだと思う。もしかするとその前、彼がステージに立って歌いだしたときから、あたしは彼のことを好きになっていたのかも。そういうことを考えれば考えるほど、彼がかっこよく見えてしまって、タバコを吸う様子も、ドリンクメニューを見ている様子も、たまらなく素敵なものに見えてきた。

なので、今あたしは、自分が置かれている状況がうまく信じられない。夢みたいだと思うけど、コタツの中で、シュウジさんの足があたしの足に触れているのはまぎれもない事実だし、この部屋に移動するときに、タクシーの中でこっそり、耳元で言われた、あとで二人で抜けよう、という言葉は幻聴なんかじゃなかった、確かに。

「真実ちゃん、顔赤いけど、熱い？　暖房弱める？」

佐智さんに気遣われ、あたしは激しく首を横に振る。

「さっきのお酒が残ってるみたいで」

これも嘘ではなかった。小さいときに、父親のビールを少しだけ飲んで、あまりの苦さに泣いてしまったことを除けば、これまでの人生でお酒を飲んだことはなかった。

法律は絶対に何があっても守らなければいけない、という強い意識ではなかったのだけれど、シュウジさんに、飲もうよ、と言われて、いとも簡単にサワーを注文した自分に驚く気持ちもあった。三杯ほど飲んだところで、自分の鼓動が強く聞こえるほどになったので、ソフトドリンクに切り替えたが、いまだに鼓動の速さはつづいている。けど、本当の顔の赤さの原因は。あたしはこっそりとシュウジさんの表情をうかがう。シュウジさんは黒田さんと音楽の話をつづけていて、こちらにはまるで見向きもしない。触れている足は、錯覚とか、ただの偶然なのかもしれないと不安になるくらいだ。

　壁にかけられている時計は二時半を指している。シュウジさんと黒田さんの話が途切れる。今だ。佐智さんの顔を見て、口を開く。

「あたし、そろそろ帰りますねー」

　何も言ってもらえなかったらどうしようと思ったけれど、その後すぐにシュウジさんが、なんでもないような普通の口調で、俺もそろそろ帰ろうかな、と続けたので安心した。思わずにやけそうになったのでうつむいて、コートを着て、バッグを持つ。

「あ、シュウジ帰るの？　じゃあ俺も帰るから、タクシー一緒に乗ってこうよ」

　黒田さんがそう言ったので、思わず声をあげるところだった。

「いや、俺今日、うちじゃないんだわ。行くとこあって」

シュウジさんの言葉に、黒田さんが、っていうかお前、真実ちゃんとどっか行こうとしてるんじゃねーだろーなー、と答える。佐智さんが少しだけ本気の声で、ちょっと、あたしの可愛い真実ちゃんに手出さないでよ、と重ねたので、あたしは笑い声をあげる。自然な笑いになっているかどうかが心配だった。

シュウジさんがスニーカーを履き終えるのを待って、玄関のドアを開けた。冷たい空気が頬《ほお》に触れる。

「じゃあ、お邪魔しましたー。楽しかったです」

「お邪魔しましたー。楽しかったです」

シュウジさんがあたしの口調を真似して言う。送り出そうとしてくれていた佐智さんが、真実ちゃんに手出したら許さないからね、と笑いながら言うのを背中で聞いた。

ドアを閉めて、階段を一段一段慎重に降りる。タクシーを拾うために大きな通りに向かう途中、シュウジさんが寒いなー、と言いながら、あたしの右手をとる。もう長年付き合っているカップルみたいな自然さで。寒いですねー、と答えるあたしの声が、少し震えているのがわかった。

タクシーはすぐにつかまった。一番近いラブホテルまで行ってください、というシュウジさんの言葉に、鼓動がますます速まる。初老の運転手が、まるで興味なさそうな声で短い返事をした。

ピンク色のださい花柄のシーツで覆われたソファ。その前に置かれた黒いテーブルの上には、灰皿とリモコンと番組表のようなもの。ソファとお揃いのシーツがかけられたダブルベッド。カラオケつきの大きなテレビ。あたたかい部屋。

上着とバッグを、ソファの上に放り投げるようにして、シュウジさんはベッドに横たわった。ねみーなー、と言いながら目を閉じている。あたしも同じように、コートとバッグをソファの上に置くと、ベッドの隅っこに座って、部屋を見渡す。落ち着け落ち着けと思いながら。

数分そのましゃべらずにいたところ、シュウジさんが突然起き上がった。抱きしめられるかもと思ったけれど、そんなことはなく、黒いテーブルをベッドのそばに引き寄せると、バッグからタバコとライターを取り出し、吸いはじめた。少しだけ距離を置いて、あたしの隣で、あたしと同じように腰かけながら。

なにかしゃべったほうがいいのかなと思って、口を開いて、言葉を探しながらシュウジさんを見ていたら、なにか勘違いしたのか、シュウジさんは吸っていたタバコをあたしに渡そうとしてきた。なんとなくそのまま受け取ってしまい、見よう見まねで吸った。あたしの姿が、タバコもラブホテルも慣れていますよっていうふうに見えればいいと思った。二回ほどくわえたところで、むせそうになってしまい、必死にこらえながらタバコを返す。受け取るシュウジさんは、少し笑っていて、全てを見透かされているような気分になる。

「あ、そういえば、クレアチニンってどういう意味なんですか？　バンドの」

やっと思いついた質問を言葉にする。

「黒田の実家ってさあ、薬局なんだよ」

返ってきた言葉は、自分の質問とどう結びつくのかわからないようなものだったので、あたしは変な角度でうなずく。

「んで、そこでバンド名どうしようって話してたんだけど、意見が全然まとまらなくって、もうこれは誰も文句言えない方法で決めようってなって」

シュウジさんがそこで、タバコの灰を灰皿に落とす。あたしは彼の言葉の続きを待った。

「で、あいつんちにあった、『薬大百科』とか、なんかそんな名前の、事典みたいなやつを適当に開いて、そん中にあった言葉から取ったの。意味はなんだっけなー、なんか老廃物とかそういうのみたい」

「それ、適当すぎですよ」

言ってから、そんなにおかしいと思っているわけではないのに、大げさに笑った。まるでそれが何かの合図だったみたいに、シュウジさんがタバコを置き、あたしの身体を抱きしめて、ゆっくりとベッドに倒した。耳元で、真実、とささやかれたのだけれど、それは自分の名前じゃないみたいに思えた。

そう高くない天井にシミがある。何かの形に見えるような気がして、それが何かを考えていると、シュウジさんがキスしてきたので、慌てて目を閉じた。シュウジさんの舌が、あたしの口の中で動く。強いタバコの匂いは、別に不快ではなかった。あたしも舌を動かしたほうがいいのだろうか。そんな考えとはお構いなしに、シュウジさんの手が、洋服越しにあたしの胸に触れる。

あたしは、こういうことがしたかったんだろうか。

唐突に浮かび上がってきた思いに、自分自身が一番驚いた。初めてされることばかりで、信じられないくらい緊張しているのも確かなはずなのに。シュウジさんの唇があたしの首元にうつったのと同時に、目を開けて、シュウジさんを見てみようとした。視界に入ったのは彼の髪の毛だけだった。ヘアワックスの匂いがした。

「結局何時ごろ帰ってきたの？」

向かい合って一緒に朝食をとっていた母親から質問され、少しあせりながらも、一時半くらいかな、と答える。本当は五時半だ。シャワーを浴び終え、部屋に戻って少ししたときに、父親が起き出した様子だった。

「学校で寝たりしないようにねー」

もう少し何か聞かれるかと思ったのに、あっさりとそう言われ、拍子抜けしてしまうほどだった。確かに母はこういう人だ。昨日電話で遅くなることを伝えたときも、気をつけてねと言うだけで、すぐに電話は切れたし。バイトの先輩を信用しすぎなのではないのだろうか。それともあたしのことを信用しすぎなのか。あるいは信用していないのか。

「お母さん、あたし、処女じゃなくなった」

突然そんなことを言い出したらどういう反応をするだろうかと思いながら、目の前でトーストをかじっている母を見た。でももちろんそんなことは言わずに、あたしは、昨日のあたしや一昨日のあたしと、何ひとつ変わっていませんよって顔をして、紅茶を飲み干した。

昨日しちゃった。ついに。うーん、そんなにものすごく痛いって感じでもなかったよ。ちょっとは痛かったけど。血？　出なかったよー。相手がうまかったのかなあ。それがはじめて会った人なの！　バイト先の先輩の彼氏の友だち。うん、結構かっこいいよ。携帯交換したけど、付き合うって感じでもないかも。やり逃げとかそういうのではないんだけど、えー、なんて言えばいいんだろー。

電車とバスを乗り継ぎながら、友だちに話す内容を組み立てていたのに、バス停から学校までの道のりを歩いているうち、話す気持ちはどんどん薄れていった。ホテルを出るときに、シュウジさんのことをあんなに好きだと思っていた気持ちや、ドキドキが一気になくなってしまったのと同じように。あたしの右手に触れる彼の手を、ものすごく素敵なものだと思えなくなったのと同じように。

頭の中ではメロディーが鳴っている。シュウジさんの歌声で。

意味もわからず　さよならとか言ったから　戻れない　戻れない

『フィルムエイト』という曲名を思い出すのと、教室に入るのとが大体同時だった。カバンを自分の机に置くと、ひろちんの机を取り囲むようにしているみんなの輪の中に入った。おはよーと明るく言いながら、ひろちんの机の上に目をやると、たくさんのお菓子が置かれている。

「なにこれー」

「見て見て！　超なつかしくない？　昨日駄菓子屋行って買い込んじゃったよ」

ひろちんの言葉どおり、お菓子はなつかしさを感じさせるものばかりだった。ソース味のスナック、グレープのガム、オレンジのガム、ソーダキャンディ、干し梅。

「これ、真実も食べなよー」

みんなと一緒に騒いでいた由香《ゆか》が、あたしに何かを手渡してきた。タバコかと思ったが、それはシガレットチョコだった。同じようにチョコを持っているみっちーが、チョコを口に触れさせてから離し、息を吐き出すようにして、タバコー、と言って笑った。あたしも同じようにしようとして、人差し指と中指でチョコを持ったとき、ふっとシュウジさんのタバコの匂いがした。そんなはずがないと打ち消して、シガレットチョコを口に当てる。

息を吐き出すようにして笑うあたしは、たぶんみんなから、いつもと何ら変わりなく見えただろうと思う。けれど、もう、あたしは変わってしまったのだということを、何よりも自分自身がわかっていた。確かに何かが失われたのだ。処女とかそういうもの以外に。目には見えない何か、けれどそこにあったはずの何かが。

手に持っているシガレットチョコが、どんどん溶けて柔らかくなっていく。さっさと食べてしまえばいいのだとわかっているのに、なぜかそうできない。チョコを持ったまま、シュウジさんの手の感触を鮮明に思い出している。鮮明なのに、遠い。あたしの名を呼ぶシュウジさんのかすれかけた声も、柔らかくなっていくチョコも、今朝食べたトーストも、全部こんなにはっきりと感じられるし思い出せるのに、その中にあたしだけがいなかった。シガレットチョコからもタバコからも離れた場所で、みんなの声を遠くに聴いていた。

こなごな

意味がわからなかった。違う、意味はわかる。わかるけど、このメールと、メールの差出人である《須藤綾乃《あやの》》と、健輔《けんすけ》のつながりが。いや、それだって、なんとなくわかる。わかるけど、でも。

どこで誰に向かって誓ってもいいけれど、健輔と付き合ってきた今までの三年間、彼がいない間に、携帯電話を勝手に見た経験はないし、覗き見してやろうと思ったことすらなかった。

ただ、それは、必要がなかったということでもある。私たちはお互いの携帯電話に関して、無防備だったし、オープンだった。健輔の携帯電話が近くにあって、鳴っているのに気づいたら、誰からの電話なのかメールなのかを確認して、彼に伝えた。逆だって同じことだ。友だちからのおもしろいメールがあれば、躊躇《ちゅうちょ》なく、そのまま開いた画面を相手に見せたりもしたし、たとえばピザのデリバリーを注文するときに、相手の携帯電話を使ったりするということもあった。隠されている感覚がないのだから、覗き見しようという感覚も生まれるはずがなかった。

そもそも、時計が理由だった。盤が白っぽい木製の掛け時計は、時間を示す十二個の部分が、穴になっている。内、三つは赤い穴だ。

共通の友人が、引越祝いにくれたものだった。最初のうちは、数字が書かれていないので、ぱっと見て時間がわからない、と笑いながら言い合っていたけれど、可愛らしいデザインで、私も健輔も気に入っていた。使っているうちに、見にくさにも慣れた。

その時計が、ここ二ヶ月ほど、ずれていた。テレビをつけて、朝食をとりながら、テレビの表示時刻と時計が指し示す時刻のずれには、二人とも気づいていたけれど、そのままにしていた。二十分ずれていることがわかっているなら、時計としては機能してるよね、という意見まで出して。

二十分だったずれが、三十分、一時間と広がっていき、この数日は、実際の時刻に対して、早まっていたのか遅れていたのかもわからないほどの開きになっていた。そして今日、ついに、止まってしまった。

電池切れだということはわかっていた。電池を取替えさえすれば、また規則正しく動いてくれるということは。直さずにいたのは、単に面倒くさかったという、本当にそれだけの理由なのだ。

　夕食後、健輔がお風呂に向かってすぐ、私は時間を確認するために、時計を見た。そして改めて、時計が止まっていることに気づいた。まあいいかなー、と思った一瞬後に、やっぱり直そう、と思った。それは別に、何かの決意とか心境の変化とかいえるほどの強さはまるでなくて、本当に、気まぐれでしかなかった。

　ソファの位置をずらして、時計をはずし、引き出しの奥から見つけた単四電池を入れたところで、今の時刻を知る必要ができた。健輔の携帯電話が目についたので、何のためらいもなく、手に取り、開いた。時刻を合わせて、携帯電話を閉じようとしたところで、小さな画面の左上あたり、見覚えのないアイコンマークが表示されていることに気づいた。

　暗くなってしまった画面に向かって、適当に数字キーを押してみると、《キー操作ロック解除》という文字とともに、「暗証番号は？」という問いが投げかけられた。

　キー操作ロック？　暗証番号？

　とりあえず、脇にかかえるようにしていた掛け時計を元の位置に戻し、ソファの位置を戻し、座りなおした。そして、あまり深く考えないまま、数字を押した。

○八二五。健輔の誕生日だ。最後の数字を押し終えると同時に、《暗証番号が違います》というメッセージ。次の番号を考えて、思いついた。以前聞いたことのある、彼のキャッシュカードの暗証番号。一四七七。彼の実家の電話番号、下四桁だ。ビンゴ、だった。ロックは解除され、メニューボタンを押すことができた。前から決まっていたことのように、メール画面を選んだ。受信フォルダが開かれる。《受信メール》のフォルダを開いた。

須藤綾乃、の名前が並んでいた。下にスクロールしていくと、間に私からのメールや、見覚えのある友人のメールが並んでいるものの、ほとんどが、須藤綾乃、からのメールだった。適当に一通を開くと、他のメールも気になって、結局は手当たり次第にメールを読んでいくことになった。

《今日もほんとに楽しかった。送ってくれてありがとう。無事に家に着いたよ。今夜も健ちゃんの夢見たいなあ》

《明日は会えなくて悲しいな。けど、今日いっぱいくっつけたことを思い出して、元気で過ごすね。またね》

《おやすみ。大好きだよ。おやすみー》

《彼女がうらやましいな。けど、健ちゃんを好きな気持ちは絶対に負けない自信ある

よ！　また明日ね》
《超好き》
どのメールにも絵文字が入っていて、中でも、ハートは必ずといっていいほど使われていた。何通のメールを読んだのかわからなくなったところで、お風呂場のシャワーの音が、耳に飛び込んできた。
健輔が出てくるかもしれない。
慌てて携帯電話を閉じて、置いてあった場所に戻した。ただ、シャワーの音がやんでから、またしばらくして、音が聞こえはじめたところを察すると、まだお風呂からあがるわけではなさそうだった。そこまで考えてからようやく、自分の両手が、少し震えていることと、鼓動が耳に届くほど大きく、速くなっていることに気づいた。
何していたんだろう、私。
自分のとった行動が信じられなかった。自分が何を考えていたのか、どんな気持ちでいたのか、よくわからない。自分が読んでいたものに関しては、ますます、信じられなかった。信じたくなかったし、今お風呂に入っている健輔と、一体、どんなふうにつながっているのか、考えられない。わからないはず、ないのに。

クッションを抱きながら、ソファの上で体育座りをしているうちに、少しは鼓動も落ち着いた。けれど、と健輔の携帯電話を見ながら思う。けれど、見たメールは勘違いなんかではなかった。

少しすると、泣き出したい気持ちが押し寄せてきた。泣き出したくなるような、叫び出したくなるような、吐きたくなるような熱さが、胸元あたりで渦巻いている感触。ベージュのクッションを抱きしめる手、腕ごと、さらに力をこめる。

一気に後悔が襲う。どうして、メールを見たのだろう。どうして、普段は忘れていたはずの、彼のキャッシュカードの暗証番号を思い出してしまったのだろう。見覚えのないアイコンなんて、見て見ぬふりすればよかったのだ。そもそも、時間を確認したいなら、少々遠くても、自分の携帯電話を手にとって見ればよかったのだ。大体、掛け時計の電池交換なんて、いつもなら健輔にやってもらうようなことじゃないか。お風呂あがりに頼めばいいだけの話だったのだ。

考えていくと、今日帰ってきた時刻とか、さっきとった夕食のメニューが生姜《しょうが》焼きであったこととか、あらゆる選択が全て間違っていたような気がして、深い後悔につながっていく。胸元でぐるぐるしている熱さをなんとかしたくて、試しに、やだ、と声に出してみた。やだ。思ったよりもずっと、私の声は冷静で、少なくとも私の耳には、いつもと同じように響いた。

どうすることもできないままでいると、健輔がお風呂からあがってくる。クッションを抱いたままの姿勢でいる私に気づいて、どうしたのー、とのんびりした口調で訊ねる。何も言わずにいると、テーブルの上に置いてある、外した電池に気づき、時計に目をやりながら、やっぱりのんびりとした口調で、重ねる。

「あ、時計直してくれたんだね。ありがとう。背届かなかったでしょ。ソファ使った?」

うん、と答えると、大変じゃなかった、と質問調に、語尾を上げて言う。だからといって答えを待っている感じでもなさそうだった。

健輔が、冷蔵庫にミネラルウォーターが入ったペットボトルを取りにいき、戻ってくる。ペットボトルのキャップをひねりながら、そういえば今日会社で、と話し出す。私は緊張しながら、うん、と言い、言葉の続きを待つ。

「今度バーベキュー大会やるかって話が出て、近いうちに行くかも。友だち連れてくるのもありってことだから、もし休みだったら、由貴《ゆき》も行こうよ」

そこに須藤綾乃さんはいるの、という問いが、一番最初に浮かんだ。須藤綾乃さんは、私のこと知ってるみたいだけど、どのくらい話してるの。須藤綾乃さんのことは、いつから、どのくらい好きなの。須藤綾乃さんとは、どうしていこうと思ってるの。そして、私とは、別れるつもりでいるの？

どんどん浮かぶ問いは、口に出せずに、私の中に溜まっていくだけだ。私の唇が、そうなんだー、バーベキュー行きたいな、日程決まったら教えて、と思いとはまるで別の形に動く。

けれどやはり、隠しきれていない部分があるようで、健輔が言う。

「由貴、様子ちょっと変じゃない？　何かあった？」

私は、慌てて言う。

「ううん、ちょっとだけ、具合悪くなっちゃって。お風呂入って、もう寝るね。明日、早番だし」

立ち上がり、お風呂場に向かう。まるで、逃げてるみたいだな、と思いながら。

早番の場合、勤務は朝七時半からだ。シフト表を確認すると、普段は二人配置されている売場が、私一人だった。たまにそういうことがあって、いつもは面倒くさいとかついていないと思うのに、今日に関しては、むしろ小さな幸運のように感じた。

やらなければいけないことはたくさんある。朝八時の開店に間に合うように、焼きあがっているパンを木製のトレイに並べつつ、棚に正しい値札をつけ、オレンジジュースやアイスティーのドリンク類の紙パックの中身を、ポットにうつしかえ、冷蔵庫に補充しておく。開店後は、食パンのスライス作業や袋詰め。乾燥しやすい蒸しパンの袋詰めや、八等分したアップルパイの一つ一つをホイルにのせていくのも、早めに終わらせなきゃいけない作業だ。その間、お客さんが来れば、もちろんレジ打ちやドリンク注文に応じる必要がある。

やることがたくさんあるのは、救われることだった。中でも、いつもならむしろ避けたい作業である、食パンのスライスは、余計なことを考えずに済むという点で、非常に優れたものだった。

四枚切りは、目盛りを2・8、六枚切りは1・8と1・9の間くらい、八枚切りなら1・4に合わせる。バーを移動させ、食パンを固定させたら、手前のボタンを押し、さらに横のボタンを押し続けながら、食パンが置かれたケースごと、奥に移動させ、引き戻す。動かすたび、左に置かれた銀のトレー上に、カットされた食パンが積みあがっていく。

昨夜はあまり眠れなかった。何度も寝返りを打っていると、隣にいる健輔がそれに気づき、どうしたの、眠れないの、と声をかけてきた。

真っ暗な部屋で、健輔の声を聞きながら、今なら話せると思った。顔が見えない分だけ、重さが減る気がした。

けれど、結局私は、うーん、なんかお腹が痛くて、などと適当な嘘をついただけだ。大丈夫、と言いながら、健輔の手が私の背中に触れる。そのまますられた。あたたかさもやわらかさも、当たり前だけど、普段と何も変わらない、健輔の手だった。ゆっくりと上下に動くその手を、今すぐ離してほしいような気も、永遠に触れたままにしてほしいような気もした。先に彼が眠ってしまうまで、身体を動かせなかった。何か言うことも、なかった。

十時少し前に、大学生の矢野ちゃんがやって来た。彼女の方が勤務時間が少なかったり、時給に多少の違いはあるものの、私同様、アルバイトだ。彼女が入ってきた当初、私が実質上の教育係のようになったこともあり、仲良くしている。

「スライス全部終わってるじゃないですかー。さすが由貴さんですね。あたしだったら、一人で売場なんて、この半分も終わってないですよ」

大げさに驚く矢野ちゃんに、それは言いすぎでしょと笑いながらも、自分の仕事ペースが、確かにいつもよりもずっと速かったことに気づいた。一人で入っている売場で、十時前に、五種類ある食パン、全てのスライスが終わっているなんて、はじめてのことだ。

「穴あき、ありました？」

お客さんが少ないタイミングを見計らって、矢野ちゃんが私に聞いてくる。あったけど五穀だけ、と答えると、はっきりと残念がっている表情を浮かべた。

パン屋で働きはじめて、予想外だったのは、パンをもらい放題というわけではなかったことだ。閉店時に余っているものがあれば、もらうことができるけれど、このパン屋では、余り物はほとんど出ない。もともと、余るほどは作りたくないというオーナーの考えがあるし、たまに雑誌で紹介されるほど人気のあるパン屋なので、特に名所もない住宅地にありながら、やって来るお客さんは結構多い。閉店時刻より前に、全てのパンが売り切れてしまうこともあるくらいだ。たまに、形が崩れてしまったり、焼きすぎてしまったりした、いわゆる失敗作がもらえることもあるけれど、それは閉店時にパンが余っている以上に珍しいことだった。

ただ、食パンに関しては、どうしても穴があきやすいものらしく、スライスして、穴があいているものに関しては、持ち帰っていいことになっている。今日は、五穀食パンが、そういう状態だった。

「五穀、昨日余ってたから、ちょうどもらったところなんですよねー。由貴さん、全部持ってっちゃっていいですよ。今日、遅番なのって河井さんと谷田さんだけど、河井さんは昨日もらってたし、谷田さんはほら、基本的に持ち帰らないし」

「そうなんだ。でも、全部って、結構あるよ。一斤弱くらい。いいのかな」

「大丈夫だと思いますよー。前に、ダーリンが五穀好きって言ってたじゃないですか。一緒に仲良く食べちゃってくださいよ」

「よく憶えてるね、そんなこと」

笑って言えたことに、我ながら驚いた。矢野ちゃんとは、お互いの彼氏の話をよくする。私たちが付き合って三年になることも、うち一年は同棲していることも、矢野ちゃんには話したことがある。

矢野ちゃんに、聞いてみたいと思った。彼氏の携帯電話を見たことがあるかどうかとか、彼氏が浮気していたらどうするのか、とか。何なら、昨夜の出来事をそのまま話して、相談したいとも。

「ねえ、矢野ちゃん」

「はい？　あ、いらっしゃいませー」

ちょうどお客さんがレジにやって来た。百六十円の菓子パンが一点、などと言いながら、矢野ちゃんがレジを打ちはじめる。慌てて横につき、袋にパンを入れる作業にまわる。入れ終わるくらいで、次のお客さんが並んだため、もう一つのレジに足を伸ばし、こちらでどうぞ、と言いながら、笑顔をつくる。これから混み出すかもしれない、と思う。

あれ、さっき何か言いかけてませんでしたっけ、と矢野ちゃんが言ったのは、ようやくお客さんが途切れた、三十分ほど後のことだ。彼氏が浮気してるみたい、と言いながらつくった私の笑顔は、レジに並ぶお客さんに対してのものと、よく似ていたかもしれない。


「このパン、やっぱうまいね。穴あいてないときも、こっそり持ち帰ってきてよ」

あの日、五穀パンで作ったサンドイッチとオムレツときのこポタージュ、という朝食のようなメニューの夕食をとりながら、健輔は笑って言った。そんなことでクビになったら情けなさすぎるよ、と同じように笑って答えながら、私の頭の中には、矢野ちゃんの言葉が渦巻いていた。

「由貴さん、それは、どっちかしかないですよ。硬い女を貫くか、柔らかい女になると決めるか」

仕事の合間を縫って、前日の出来事を報告した私に、矢野ちゃんはきっぱりと言い切った。硬い女、と単語を繰り返した私に、矢野ちゃんは、言い聞かせるみたいに、ゆっくりと話した。どこかの先生みたいに。

もう、びしっと叱《しか》るってことです。目を覚まさせるつもりで。由貴さん、普段そんなに怒ったりしてないんですよね？　そういう人が怒るっていうのは、向こうだってさすがに焦りますよ。ただ、それは、逆ギレされたり、別れ話をされるって危険性もありますからね。別れたくないなら、絶対に言わないっていうのもありだと思いますよ。もう、その場合は、ほんっとに完全に知らないふりで。いつも通りとか、むしろいつもより優しくするくらいで。どっちにしても、すっごくきついとは思いますけどね。でも、中途半端になるのは、一番よくないですよ、絶対。

なのに、今も私は、矢野ちゃんに言わせると「一番よくない」「中途半端」な場所に座り込んだままだ。

自分が健輔に、打ち明けることを何度も想像した。たとえば夕食の席で。たとえば彼が会社に向かおうとしている玄関で。たとえば電気を消したあとの寝室で。想像の中で、私は泣くことも怒ることも冷静な様子のこともあったし、言われた健輔にしても同じだった。どの想像も本当になりそうだった。

この一週間、健輔は私に何度も、どうしたの、とか、大丈夫、という言葉を投げかけた。私の様子が暗いからだ。そのたびに頭をよぎる返事は、実際に声にはならずに、私の中でだけ寂しく響いた。

いろいろなことを考えてしまうのは、きまって夜だった。アルバイトがない日であっても、昼間は余計なことを考えずに済んだ。家事を済ませて、夕食のメニューを考えているうちに、時間は過ぎていく。けれど夜は長かった。特に、眠りにつく前。

健輔のことを考え、須藤綾乃のことを考え、二人で暮らしていくことについて考え、結婚について考え、仕事のことを考えた。もしも健輔と別れるようなことがあれば、この部屋にはいられない。一人で払うには、家賃が高すぎる。かといって、新しく部屋を借りて、一人暮らしを始めることもうまく想像できない。一人暮らしをするには、バイトを増やすか、就職する必要があるだろう。けれど、正社員として一度も勤めたこともない、とりたてて特技も資格も持たない二十五歳を、どこが雇ってくれるのだろう。

考えているうちに、眠れなくなってしまう日もあった。物音を立てないように、寝室を出るけれど、めったなことでは起きない健輔に、目覚める様子は微塵《みじん》もなかった。安心する一方で、今すぐ叩き起こしてしまいたい気持ちも生まれて、寝顔を見ているうちに、涙が溢《あふ》れ出てきた。

居間のソファで、水を飲みながら思い出すのは、なぜか健輔との楽しい出来事ばかりだった。明るく優しい健輔。数え切れないほどしたはずの喧嘩や、いくつかある彼の欠点は、全然浮かばなくて、助けられてきたことや笑い合ってきたことばかりが浮かんだ。幸せな思い出をよみがえらせるたび、涙がどんどん流れていった。ティッシュで拭うこともせずに、流れるままにしていた。ただ、声だけは出さないように気をつけて。

どうしても、うまく飲み込んで、消化することができない。健輔が、私以外の誰かと、好きだと言い合ったり、抱きしめ合ったりしていることも。私に嘘をつきつづけていることも。言い訳できそうにないメールを何通も読んだことなんて、悪い夢だったみたいだ。とても、本当のこととは思えない。

時間を確認するために、時計に目をやると、強烈な憎しみが湧きあがった。この時計さえなければと思ってさらに、そんなことを思っても意味はないのだと思うと、憎しみは強まる気さえした。秒針は動き続けているのに、全然時間が経っていないことも、ますますうとましく思えた。

朝なんて来るのかな、と何度も思った。怖かった。来ないんじゃないかということはもちろん、自分がそんなことを思っていることが。怖い、と思うと、ますます泣けてきた。寝室に目をやっても、健輔が起き出してくる気配はまるでない。泣きすぎて目が腫《は》れないように、時折、冷凍庫から出した保冷剤を瞼《まぶた》に当てた。保冷剤は、頭が痛くなりそうなほど、尖《とが》った冷たさを持っていた。深夜に居間で一人で、保冷剤を瞼に当てている自分を、ひどく滑稽《こっけい》に思った。

それでも、いつだって朝はやって来た。何度目かの眠れない夜を過ごした翌日、バイトに出かけた。シフトは遅番だった。遅番の場合、昼過ぎに出勤して、閉店まで働くことになる。

矢野ちゃんと入れ違う形での出勤となった。矢野ちゃんは私に、どうですか最近、と聞いてきた。微妙、と答えた私に、さらにいろいろ聞きたい様子ではあったけれど、他の人もいる手前、おおっぴらに何か言うことはためらわれたようだ。思い切りが大事ですよ、とささやいてから、おつかれさまでーす、と元気よく売場を離れて行った。矢野ちゃんの明るさは、突然プレゼントされた小さな花束みたいに、私を助ける。

閉店時の後片付けは、面倒なので、みんなが嫌がる仕事だ。けれど、今の私にとっては、どんな仕事も同じだった。余計なことを考えないで済むのなら、何でもよかった。

いつもより念入りな掃除を終えて、店を出ようとすると、オーナーに声をかけられた。最近の散漫さについて怒られるのかと思って身構えたけれど、渡されたものは、透明のビニールに入ったカラフルなお菓子だった。え、どうしたんですか、と訊ねる。

「マカロン。今度、お店で出そうと思うんだけど、先にみんなの意見聞こうと思って。帰ったら食べてみてよ」

そのマカロンの存在を、しかし帰り道では、すっかり忘れてしまっていた。思い出したのは、帰宅してしばらくした頃、健輔にスーパーのポイントカードを貸すために、財布をバッグから出そうとしたときだった。渡されたときにはわかっていなかったけれど、袋の中に入っているマカロンは、ピンク、黄色、緑、茶色の綺麗な四色だ。

「忘れてたけど、これ、食べてみる?」

そう言って差し出した袋を見て、健輔は、どうしたの、と嬉しそうな声をあげた。甘いものが好きなのだ。渡された経緯を説明しながら、袋を開ける。

全てを、半分ずつ分け合って食べた。手で割ろうとしたが、うまくいかず、結局かじることにした。半分かじったものを健輔に渡すときにも、半分かじられたものを健輔から受け取るときにも、悲しみがよぎった。食べ物を分け合う私たちは、どう見ても幸せな仲のいいカップルなのに。

茶色はショコラ、緑はピスタチオ、黄色はレモンというのはわかったけれど、ピンクが何の味なのかがわからなかった。健輔は、苺じゃないのかなあ、と言ったけれど、違う気がしたので、明日オーナーに聞いてみる約束をした。味についての話が一段落した頃、健輔が言った。

「俺、マカロン食べたのって、初めてかも」

「そうなんだ。でも確かに、一緒に食べたことなかったかもね」

「マカロンって、マシュマロと響きが似てる気がする」

「最初のマ、だけじゃん」

「いや、もっと、こう……フィーリング？」

何それ、と私が笑い、言った本人も、ちょっと笑っていた。また真顔に戻って、言う。

「やっぱ、似てないな。硬さも全然違うし」

硬さということについて、ちょっと前にも誰かから聞いたな、と考えて、すぐに気づいた。矢野ちゃんの言葉だ。硬さ、柔らかさ。私は今さっき食べたマカロンの感触を思い出しながら、口に出した。

「マカロンの方が硬いけど、実は、弱いのかもね」

「弱い？」

怪訝《けげん》な顔をする健輔に、説明する。

「マカロンって、張り詰めてるっていうか、硬度を守ってる分、外からの力に弱いじゃん。さっき、分けようとしたら、うまくいかなかったし。力が加わったら、粉々になっちゃうね。中のクリームは残るけど」

話しながら、自分が伝えたいのは、わかってほしいのは、マカロンのことじゃないと思った。私の言葉を聞き終えた健輔が言う。

「けど、マシュマロも、熱い飲み物の中だと溶けちゃったりするよ。ココアとか。マシュマロココア、小さいとき、好きだったなあ」

マシュマロココアを弟と取り合った話を始めた健輔に、うまく相槌を打てなかった。

中途半端に口を開いたまま、彼の顔を見つめる。

そうか。

笑い出したいような気持ちになった。そうか、とまた思った。硬くても柔らかくても、結局は、だめになってしまうんだ。不思議と、すんなり納得できた。硬いとか柔らかいとかじゃない。だめなときは、もう、だめなんだ。

きっと変な顔をしているであろう私を、話を止めた健輔が、不思議そうに見つめる。どうした、と言う彼に、長くなりそうな話を始めるため、私は、息を吸った。

賞味期限

私の冷蔵庫には、ジャムが常備してあって、それはさとくんのためにほかならない。

少し休憩しようと思い、パソコンから離れ、台所で何を飲もうか考えていると、タイミングを見計らったかのように着信音が鳴った。この音に設定しているのはただ一人だけだから、画面を見なくてもわかる。待たせることなく取った。

「今、仕事中?」

久しぶりだね、とこちらが言うより先に、向こうの声があった。きっと外回りの途中なのだろう。少し遠くに駅のアナウンスが聞こえる。

「まあ、仕事中といえば仕事中」

答えながらも、自分の答えが、彼に何の影響も与えないことは知っていた。眠ってたと言っても、仕事してたと言っても、謝ったりしないし、話したいことを話すだけだ。

「明後日《あさって》、めし行こうよ。夜八時に駅西口待ち合わせでいい?」

この人は、私が断ることなんて考えていないんだろうなと思った。苦笑しそうになりながらも、オッケー、じゃあね、と答えて電話を切った。

きっと仕事でいやなことでもあったのだろう。あるいは自慢したいようなことが。毎日何もなくてつまらない、というのもありえるだろうか。早くも浮かれた気分になっている自分に気づいて、悔しくなる。いずれにしても私が喜ぶような事態ではないとわかっているのに。

グレーの冷蔵庫は、四年前、実家を出て一人暮らしを始める際に購入したものだ。友だちがハワイみやげでくれたチョコレートパフェを模したマグネットや、同じくおみやげで誰かにもらった、ミッキーマウスの青いマグネットが貼り付いている。

冷蔵庫の中に入れているものは、そう多くない。一応自炊はしているけれど、食材を余らせるのがいやで、その都度使い切るようにしている。キムチ、卵、ミネラルウォーター、野菜が数種、くらい。そしてジャム。使い切るということに関して、ジャムは例外だった。

山ぶどうジャムとラ・フランスジャム。どちらも賞味期限は三日後に迫っている。無添加のジャムは、それだけ賞味期限も早いのだ。小さな瓶ではあるものの、三分の二以上残っているそれらを、少しだけ憂鬱《ゆううつ》な気分で眺めてから、やかんでお湯を沸かし始めることにした。紅茶の準備だ。

ロシアン・ティーという名前で雑誌で紹介されていた、ジャム入りの紅茶は、ごくたまに飲む。けれど、一度としておいしいと思ったことはない。加えて、紅茶に入れて消費できるジャムの量なんて、限られている。ささやかな抵抗にしかならないとは知りつつも、冷蔵庫にもたれながら、ガスコンロの青い炎を眺めた。


「絵描いてるなんてすごいですね」

さとくんが私に初めて話しかけたときの様子を、今でもはっきりと思い出せる。いやいや、全然ですよ、とかなんとか答えながら、自分がそのとき白桃サワーを飲んでいたことも。

知り合った当初、さとくんは、終始私に対して敬語を使っていた。そしてやたらと、イラストレーターという職業をほめそやし、何かにつけてすごいという言葉を連発した。

あまりいい気持ちはしなかった。本心から言っているわけではないことがわかったから。彼が私を丁寧に扱おうとするのは、私が菜穂子《なほこ》の友人だからという理由だけだと知っていた。あの頃さとくんは、菜穂子のことが好きだったのだ。

会社の後輩に好かれているということを、まるで愚痴のように話す菜穂子ではあったけれど、かといってさとくんのことを完全に拒絶するわけではなかった。彼からの頻繁な飲みの誘いを、三回に一回くらいのペースで受ける程度には、仲良くしていた。もっとも、二人きりではないということを前提にしていたようで、私と彼が出会ったのも、そうした背景があってのことだ。

菜穂子は彼のことを、苗字の佐藤から、さと、と呼んでいた。あだ名というより、犬の名前とでもいうほうがしっくりくるような呼び方だった。呼ばれるたびに、さとくんが、嬉しそうな様子を見せるところも、犬と飼い主の関係を連想させた。

あくまでも菜穂子を介しての知り合いという立場だった私とさとくんの状況が変わったのは、二年前のことだ。そのとき私とさとくんは、知り合ってから半年ほどが経っていて、大体十回くらいは会っていたと思う。

原因は、菜穂子の衝撃発表にあった。前から付き合っている人がいると言っていた菜穂子ではあったが、詳しいことは、高校時代からの友だちである私にさえ深くは語らずにいた。ところがある日、菜穂子は私を呼び出し、宣言したのだ。そう、あれは、言ったとか報告したとかいうよりも、宣言、という言葉が一番似合うような発表だった。

「結婚します」

ええっ、ともちろん私は聞き返した。何それ、どういうこと、と言う声は、少し怒るようですらあったかもしれない。

それから菜穂子はぽつぽつと話し出した。恋人、というか婚約者について。八歳年上の職場の上司。付き合って二年。一年前から結婚を考えていて、話もしていたが、一番の問題は、彼が妻帯者だったということ。夫婦仲も良くないし、子どももいないので、すんなり離婚できると思っていたが、やはりそう甘くはなく、彼と奥さんの話し合いは、半年以上に及んだこと。それでもなんとか離婚は成立し（菜穂子は「勝利」という言葉を使った）、年が明けるのを待って、入籍するつもりでいること。式はハワイの教会で、二人だけで行おうと思っていること。

話の途中でも、何度も質問を挟んだけれど、話を終えた菜穂子に、改めて尋ねたことは、さとくんのことだった。

「で、さとくんはどうするの」

どうするも何も、と完全に驚いた様子で菜穂子は言った。最初っから付き合えないってことは言ってるし、あくまでも後輩として仲良くしていただけだし、もちろん寝てもないんだから。

少々納得がいかない気持ちで、さとくんは結婚する彼のことを知っているのかと尋ねたら、答えはもちろんイエスだった。結婚することも知っているのかと尋ねると、それについてはまだで、けれど近いうちに報告しようと思っているとのこと。

「でもまあいいか。なんなら今電話しちゃおうっと」

私が口を挟む余地はどこにもなく、菜穂子はその場でさとくんに電話をかけはじめた。電話はすぐにつながったらしい。だーかーら、結婚するの、あたし。結婚。そう、結婚。マリッジ！　え、知ってる人だよ。うん、水野さん。あのって、一人しかいないじゃん。水野さんだよ。営業第二課の水野さん。

完全に酔っ払った口調の菜穂子に対して、さとくんがなにを答えているかまでは聞き取れなかった。しばらく、結婚とか水野とかいう単語が飛び交ったあとで、菜穂子は電話を切り、楽しげにも見える様子で、私の方に向き直り、言った。

「泣いてたかも」

「は？」

「さと、涙ぐんでたみたい。どうしよう。ほんとに私のこと好きだったんだね」

ほんとにも何も、と突っ込みたい気持ちでいっぱいだったけれど、菜穂子自身からあふれ出ている幸せオーラと、会ったこともない水野さんの半年間の敢闘に免じて、そうかもね、と言うだけにとどめておいた。空になりかけたグラスで、乾杯まで付けて。

菜穂子の衝撃発表から二日後の夜。いつものように自宅で仕事をしていると、見知らぬ番号からの着信があった。携帯電話の番号だったので、仕事関係ではなさそうだ。少々訝《いぶか》しがりながら出てみると、開口一番に、あーやさーん、と半泣きで名前を呼ばれた。

さとくんだった。

名乗ったのではなく、結婚ですよ、結婚、どうすればいいんですか、と繰り返される内容と声でわかった。酔っ払っているのだろうということもわかった。っていうかなんで私の番号知ってるのと聞くと、菜穂子さん以外に誰がいるんですか、結婚しちゃう菜穂子さんですよ、人妻ですよ、花嫁ですよ、などと意味のない単語を繰り返された。菜穂子め、と思いつつも、かける言葉を探した。その内に、人妻なんてひどいです、裏切りです、信じられないです、と今度は暗いトーンの単語ばかりが混ざりはじめたので、とりあえず飲みに出ることにした。

二人で飲むのは初めてのことだったが、当然のように、さとくんにそんなことにこだわっている気配はまるでなかった。私だって、別にさとくんを男性として意識していたわけではないし、恋愛になりそうなんて考えたこともなかったものの、それでも彼の様子は拍子抜けしてしまうくらいのものだった。

今までは三人でよく飲んでいたお店のカウンターに、二人並んでいるのは奇妙なことに思えた。さとくんは今までにないペースでジョッキやグラスを空けていった。

基本的には、私はひたすら無言でいた。何を言っていいかわからなかったというのもあるし、何を言ったところで、さとくんに聞いている様子はなかったからだ。私の言葉の量には関係なく、彼はひたすら何かを言い続けていた。結婚とか人妻とか。最初のほうはきちんと聞いていたけれど、そのうち面倒くさくなってきて、メニューを繰り返し眺めたり、描きかけのままになっているイラストのことを考えたりしていた。

さとくんが、ため息の続きみたいに、言葉を吐《は》いた。

「ああ、なんで隣にいるのが、菜穂子さんじゃないんだろう」

どう控えめに見積もっても、かなり失礼な発言だったけれど、本人いわく「人生最大級の失恋」に免じて、流すことにした。なんだか最近は免じてばかりだと思いつつ。

まあいいから飲みなよ、と次のお酒を勧めながら、たこわさをつまんでいる私に、さとくんが言った。もしかするとその日初めて、独り言じゃなく、私に向けられた言葉かもしれなかった。

「絢さん、俺、どこが問題あると思いますか」

あまりにまっすぐ向けられた視線に対して、冗談を言うこともはばかられた。失礼な発言とか、菜穂子から聞いた「たいして仕事も出来ないのに自信ばかりあふれているところ」とか、ネクタイとワイシャツが合っていないセンスとか、いろいろと問題は浮かんだものの、そこまでひどい気持ちにもなれず、うーん、と考える形をとった。

「俺、自分でいうのもなんですけど、今までわりとジュンパンマンプウにやってきたんです」

ジュンパンマンプウ、の意味するものが、順風満帆だと気づいた頃には、既にさとくんの自慢話大会が始まっていて、突っ込むタイミングは完全に過ぎてしまったあとだった。

試しに受けてみた私立の中等部に、「周囲が驚くほどあっさりと」受かってしまい、大学まではストレート。就職活動も、わりと早い段階で内定をもらったし、恋愛においてもそれなりにモテてきた。バレンタインチョコだってもらえなかった年はないし、他の学年の子に告白されたことだって一度ではない。運動も、初めてやった種目なのにいきなりクラスでトップを取ったりするし、生徒会役員も何度か経験している。よく優しいと言われるし、当然女の子に手をあげたことは一度もない。

聞けば聞くほど、どうでもいいような話だった。本人が思うほど特別な話ではないし、誇張されているであろう部分も、少なからずあった。後半は言うことがなくなったせいか、どんどん「それは常識だろう」というようなことまで飛び出していたし。驚くような発表（インターハイに出たことがあるとか、将棋で日本一を取ったとか）は一度も出なかったけれど、聞いているうちに、私の中では、驚くべき変化が起こっていた。

抱きしめたい。

赤ら顔で、つまらない話を続けるさとくんの横顔を見ながら、自分の中で湧きあがった思いにびっくりした。男の人としては華奢《きゃしゃ》な肩や、わりと長めのまつ毛が、神聖なものにすら思えた。

酔っ払っているせいだろうと思った。まさか、とも。けれどもさとくんを愛しく思った気持ちは、店を出ても、家に帰ってからも、次の日になっても消えなくて、ありえない、そんなわけない、と思いつつも、私は認めざるをえなくなる。

さとくんに、恋してしまった。

「大丈夫？」

菜穂子の第一声は、それだった。大丈夫、って。あまりに状況にそぐわない言葉だったため、思わず笑ってしまった。

「恋をしたと言っている女友だちに対してかける言葉じゃないよね。大丈夫、って」

それもそうだね、と笑いながら、次のお酒を注文するためにあげた菜穂子の左手、薬指には、プラチナリングがはまっている。小さなダイヤが何粒か入ったそれは、もちろん水野さんとの結婚指輪だった。当初の宣言どおりに、菜穂子がハワイで結婚式をあげてから、一ヶ月が経とうとしている。すなわち、さとくんの失恋および私の恋の芽生えからは、四ヶ月ほど。

「で、やったの」

あまりに単刀直入すぎる質問に、飲んでいた梅酒ソーダ割をふきだしそうになる。そのまま答えられないでいると、まじで、まじで、と大きめの声で騒ぎ出されてしまった。

「まだ何も言ってないじゃん」

「何も言ってないってことが答えじゃん。まじで？　いつ？　どこで？　どうだった？　うまかった？　付き合うの？」

「いっぺんに聞きすぎ」

お酒を持ってきた店員が去るのを待って、答えた。

「えーと、先週。私の部屋で」

「先週！　やりたてほやほやだね！」

菜穂子の言葉の選び方に、笑うべきか怒るべきか悩んでいると、さらに質問を投げかけられた。

「ねえ、どうだったの？　よかった？　よくなかった？」

「たまにはストレートだけじゃなく、カーブとかフォークとか投げなよ」

そう言って、笑って流そうとしたのに、菜穂子に納得する様子は、かけらもなかった。口をとがらせて、教えてよー、と何度も繰り返す。それでも無視していると、どこか得意げにも見える様子で言われた。

「黙ってるってことは、すごくよかったか、すごくよくなかったかのどっちかってことだよね」

「何それ」

「言いたくないほどよくなかったか、もったいなくて教えられないほどよかったってこと。どう、この名推理は」

名推理ねえ、と言いながら、手をあげて店員を呼び、お酒を頼む。同じものください。梅酒ソーダ割。

「けど、やった後で、さとのことが好きって言ってるってことは、すごくよかったってことだよね」

　菜穂子はそう勝手に結論づけると、まあとりあえず乾杯だね、と言いながら、私にグラスを合わせてきたので、空になったグラスで答えた。半分の名推理への乾杯だった。

　どんな言い方をしていいのかわからないけれど、さとくんとのそれは、よくなかった。ちっとも。全然。まるで。もちろん一人だけの問題ではないから、合わなかった、という言葉が正解なのかもしれないけれど。

　しかし、だからといって、さとくんのことを嫌いになるかというと、むしろ逆で、私は相変わらず、彼への思いを募らせつづけている。からませた指のことや、なでた髪の質感のことを思うと、きゅううっと音を立てそうな勢いで心が締めつけられ、クッションでも抱えて、床を転げ回りたいような気持ちになる。

「それで、付き合ってるってこと？」

「ううん」

　あいまいにはぐらかしてきた菜穂子の質問を、そこだけは即答した。待ってましたと言わんばかりの感じで。菜穂子の眉間に、わずかに皺《しわ》が寄った。

「なんで？　終わったら、じゃあ、とでも去っていったわけ、あのさとが？」

「ううん、泊まっていった。朝ごはん一緒に食べた」

「食べながらどういう話したの」

「ジャムサンドの話」

「ジャムサンド？」

「私、普段は朝ごはん食べないんだよね。だから、朝ごはんになりそうなものが全然なくて。とりあえずごはんとかお味噌汁とか卵焼きとか、適当に作って出したら、俺、朝はジャムサンドがいいんだよね、って。ジャムをトーストに塗って、半分に折って食べるところから、朝が始まるんだって。ちなみにジャムは無添加のものじゃなきゃいやだって」

　話しているうちに、菜穂子の眉間の皺は深くなった。私が話し終えるのを待って、ため息をつく。

「何それ。感じ悪いしむかつくんだけど」

「え、でも、そこまでいやな感じではなかったよ。ごはんもちゃんと食べてくれたし」

「食べるくらいなら文句言うなっつーの」

もっともな菜穂子の言い分だったけれど、向かい合ってごはんを食べたときの、さとくんの表情を思い出すと、胸が鳴った。会いたい、と言葉にして思ってみると、ますます気持ちは増すようだった。

「なんでさとなんかがいいのか、ほんっと不思議」

菜穂子が、心からの疑問という感じでそう言った。

菜穂子に言われるまでもなく、私自身だって不思議に感じていた。そして、二年経った今も、不思議に感じている。

どうしてなんだろう。どうしてこの人なんだろう。どうしてすごくすごく会いたいとか、抱きしめたいとか、触れていたいとか思うんだろう。たとえば今、隣のテーブルにいるサラリーマンじゃ、どうしてだめなんだろう。顔とか発言とか行動とか、一体彼のどこが、私をこんなにひきつけるんだろう。

不思議、としか言いようがない。まるでわからない、自分でも持て余してしまうようなこの感情を。

「最近は仕事してるの」

さとくんは変わらない。質問しておきながら、とりたてて興味のなさそうな様子を見せるところ。この人は最初からそうだった。

「まあ、ぼちぼち」

私はいつもの答えを返す。最初の頃はバカみたいに、CDジャケットを明後日までに描かなきゃいけなくて、とか、そのとき抱えている仕事を、事細かに説明していた。けれど、さとくんがどうでもよさそうな、むしろ少し不機嫌にも見える感じで、ふうん、とだけ言うことが重なり、私も学んだ。この人は、私にも、私の仕事にも、全然興味がないんだ。

「お偉いさんの愛人にでもなって、仕事もらえばいいじゃん」

笑いながらさとくんが言う。私も笑う。笑いながら、もしこの言葉が、さとくん以外の人によるものだったら、私はものすごく怒るんだろうなあなんて思う。

「好きなやつできた？」

まさか、とつぶやくように言った。さとくんは、笑っているともバカにしているとも見える表情を浮かべて、口を開く。言うことは予想できた。

「お前さあ、俺なんかのどこがいいわけ。間違ってると思うよ。もっといい恋愛しろよー」

ビンゴ。想像通りの言葉だったので、最初の頃と違って、もういちいち傷ついたりへこんだりはしない。な、と言いながら、私の肩を叩くさとくんの手の形に、意識が向かっていく。

さとくんはどうなの、と聞き返すと、さっきまでの様子とは一転した嬉々とした表情を見せて、彼の話が始まった。最近入った派遣社員の子が、ものすごく可愛くて、気配りも細やかなのだという。彼女と話したときのことを、詳細に再現されながら、これはやっぱり傷つくべきなんだろうなあ、と私は酔いはじめた頭で考える。

絢さんのこと、もちろん嫌いじゃないですけど、恋愛とかそういうのは、よくわかんないです。菜穂子さんのこと、しばらく忘れられそうにないし。

二年前に自分が言ったことを、彼は憶えているだろうか。菜穂子をすっかり忘れた様子の今、彼女を作ることはないものの、かといって私を彼女にする気配もまるでない。ないまま、たまにこうして二人でお酒を飲んで、さらにたまにはうちに泊まっていく。誘うのは彼で、受けるのは私。彼の誘いを断ったことはもちろんなく、彼はそれ以上に、断られることなど考えていないようだった。

さとくんが派遣社員の子の話を嬉々として続けるあいだ、私はグラスを空にしながら、一つのことだけを考えていた。

今日さ、うち泊まっていったら？

よかったら今日、泊まりにおいでよ。

ねえねえ、久しぶりに泊まりにきたら。

頭の中で、いろんな言い方を想定してみる。どれも実際には、口に出されることのない言葉だ。沈黙が訪れるたびに、口を開きかけてはつぐんだ。泊まってもらえないことは悲しいけれど、気持ちが離れたり、会ってもらえなくなることは、考えたくないくらい恐ろしい。

端数まできっちり割り勘にして会計を済ませると、少し重い扉を押して外に出た。寒いねー、と言うと、まじ寒いな、とさとくんも言う。手をつなぎたいと思った気持ちを、必死に抑えつけて、駅までの道を行く。

わかっているのに、あきらめきれなかった。お前の家でＤＶＤ見ようかな、とか、なんか帰るのめんどくさい気分だな、とか、うちに泊まるときの彼の決まり文句を待っていた。

けれど、結局駅の中で別れた。予想していたことなのに、胸が詰まるようだった。早く彼氏作れよ、という言葉を残して、改札の中に消えていったさとくんの背中を、ばれないように少しだけ見つめてから、地下鉄のホームへと向かった。ジャムの賞味期限が明日に迫っていることを思い出して、ため息をつく。

コートも脱がないまま、部屋の電気だけをつけると、冷蔵庫へと向かった。扉を開けて、並んだ二つのジャムの瓶を取り出す。山ぶどうジャムとラ・フランスジャムは、結局半分以上残ったままだ。

トイレへ行き、便座を上げた。袖を少しだけめくって、ふたをあけると、瓶を逆さにして、中身を便器へと落としていく。中の水がはねないように近い距離から、指も使って。水に、かけらごと、山ぶどうの紫色が混じる。

わかっている。ジャムが好きじゃなければ買わなきゃいい。わかっている。ジャムが常備されていたって、さとくんが泊まりにくるわけじゃない。わかっている。さとくんは私のことを全然好きじゃない。わかっている。さとくんは客観的に言って、ちっとも素敵な人じゃないし、片思いしつづけるような対象でもない。

わからないのは、自分がどうして、さとくんのことを好きなのかということだけ。どうしてこんなにも、彼のことばかり考えたり求めたりしてしまうのかということだけ。

二つの瓶の中身をあらかた出し終える頃には、すっかり手がべとついてしまっていた。指についたジャムは、ひどく甘い。

ねじれの位置

その飲み会での彼は、明らかに周囲のみんなとは違う雰囲気をまとっていた。平たく言ってしまうと、どこか浮いていた。他の男の子たちが、さまざまな話を切り出しては、わたしたちの関心を引こうとしていることや、逆に女の子たちが、必要以上に明るい声ではしゃいでいることは、彼にとっての興味の対象ではないようだった。不機嫌なわけではなさそうだし、薄く笑みを浮かべたりすることはあるものの、話には加わらず、別のことでも考えている様子だった。

なので、彼がトイレに立ったタイミングで、他の男の子に聞いてみることにした。

「ねえ、退屈してない？　関川くん、だっけ。今トイレに立った」

男の子は、ああ、と何度か細かくうなずくと、持っていたグラスのお酒を飲み干し、そして言った。

「あいつはね、気にしなくていいよ。いっつもああだから。常に数式がうずまいてるんだよ」

馬鹿にするというほどではなかったけれど、茶化すような様子があった。数式？そう言われて、彼が自己紹介のときに、数学科という言葉を口にしていたことを思い出した。線の細さや、ふちのない眼鏡は、確かに数学とよく似合うかもしれない。

「それより飲もうよ。あれ、飲み物ないの？　はい、メニュー」

手渡されたメニューから、次の飲み物をピーチフィズに決定する。近くにあるはずの、店員を呼ぶボタンを探し始めると、そのことに気づいたらしい、メニューを手渡してくれた男の子が、先にボタンを見つけ、押してくれた。

「ありがとう。気が利くんですね」

「そりゃあもう。サービスするよ」

笑ったほうがいいと思い、笑った。この男の子の名前を思い出そうとしていると、ちょうどトイレから関川くんが戻ってきた。さっきよりも、みんなから幾分離れた席に座った彼を、視界の隅にとらえながら、自分の中に興味が芽生えるのを感じた。

やって来た店員にピーチフィズを注文し終えると、今度は話していた男の子がトイレに立った。ちょうどいいタイミングに思えたので、関川くんのほうへと移動した。

「こんばんは」

言いながら、隣に腰かけた。けっして近すぎない距離。一瞬驚いた顔を見せながらも、こんばんは、と笑って返してくれた。

「関川さんは、こういう飲み会はよく来るんですか？」

くん、と呼ぶべきか、さん、と呼ぶべきか悩んで、後者を取った。年上だということもちろんあったけれど、彼から放たれる空気は、くん、よりも、さん、のほうが似合うように思えたから。

「いや、あんまり来ないですね」

彼が答え、さらに何か聞こうかと思っていると、逆に向こうから質問された。

「えーと、ごめんなさい、お名前はなんでしたっけ」

期待はしていなかったものの、自分が明らかに彼の興味に含まれていなかったことがわかって、多少がっかりした。

「早坂真澄《ますみ》です。ちなみに日本文学科二年です」

「ごめんなさい。ありがとう。関川孝久《たかひさ》です。大学院一年です。専攻は数学科です」

同じ内容を、飲み会の最初に行われた自己紹介で聞いていたはずだけれど、下の名前までは覚えていなかった。関川孝久、と頭の中で復唱した。なんだか賢そうな名前だと思ったことを伝えようかとも思ったけど、やめる。

店員が持って来たピーチフィズを受け取った。ちらっと他のメンバーに目をやったけれど、それぞれに盛り上がっていて、特にわたしたちに気を払っているような様子は見られなかった。もっとも美由紀《みゆき》なんかは、真澄ってば、変わったところに手出そうとしてる、とか思っているかもしれない。

「今日は、他の人に誘われたんですか？」

「あ、はい。今日いきなり。俺、話とか得意じゃないしって断ったんだけど、いいからって、無理やり連れ出されて」

「そうなんですかー。大変でしたね」

「いや、でも、たまには楽しいです。こういうのも。新鮮で」

途切れ途切れの、流暢《りゅうちょう》ではない話し方だったけれど、けっしていやな感じではなかった。むしろ落ち着いた空気があった。時折こちらを窺《うかが》う表情にも、この人、今まで怒ったことなんてないんじゃないかな、と思わせるくらいの穏やかさが宿っていた。

かえってわたしのほうが落ち着きに欠けていた。彼の言葉を聞いている間も、わたしは、次に話すことを必死に探しつづけていた。彼のほうから、なにか聞いてくるようなことはなさそうだと思ったし、沈黙が流れるのは不安だったから。

「数学科ってことは、昔から数学が得意だったんですか？」

「うーん、得意っていうか、好きだったかな。知れば知るほど惹きこまれる感じがあって」

彼の答えに、あれ、と思った。内容ではなく、口調や様子。聞かれたことに答えているだけというのではなく、そこに積極性が生まれたような。さっきまでより、幾分早口になったようにも思えた。確かめるような気持ちで、質問を重ねた。

「今は、どういうことを勉強してるんですか」

「一応、専門はカイセキガク」

「カイセキガク……」

おうむ返しにしたものの、それがどんなものなのか、一切見当がつかなかった。どんな漢字を書くのかすらわからない。そもそも、高校の成績表で、ずっと数学2をキープしつづけたわたしが、数学について訊ねようとしているところに、だいぶ無理があるのだろう。

「微分積分って覚えてる？　それをやってるんだけど」

微分積分。勢いよく、はい、とうなずいた。しかし響き以外はまるで覚えがない。ルートは関係あったたっけ。サインコサインタンジェント、は何の式だったたか。ねじれの位置、という言葉も聞き覚えがある。早くも薄まりかけているピーチフィズを口に含んでから、難しそうですね、と当たり障りのないことを言った。

「そうですね。カイセキガクなんて、最近は人気もないし。やっぱりみんな、コンピュータ系にいきたがるから、ヒセンケイとかの方が。ただ、俺は、微分で数学のおもしろさに目覚めたこともあって、やっぱり離れられない気持ちがあるんだよね。もう微分積分は完成されつくしているって人もいるんだけど、俺はまだ、研究すべき部分が残っているように思えて。早坂さんは、数学、好きでした？」

はっきり言って、彼の話していることは、ちっともわからなかった。彼が選んでいるカイセキガクは、最近は人気がないけれど、彼は微分積分が好きだということはわかった。でも、そもそもカイセキガクとは。研究すべき部分って、どんな。

けれど、わからなくて不快な感じはしなかった。彼が嬉しそうに話していることで、嬉しさが伝染するのか、ものすごくおもしろい話を聞いている気分だった。彼がはじめて名前を呼んでくれたことと、質問をしてくれたことも、嬉しさを加速させた。

「興味はあったけど、苦手でした。成績、ずっと2だったし」

前半は嘘だった。まるで興味を持てずに、数学の授業では眠り続けてばかりいたことを知る、高校時代の同級生や先生が聞いたら、怒るどころか苦笑されそうだ。けれど、彼がものすごく好きなのであろう数学を、そんなふうに言いたくなかった。もっと正直に言うなら、数学に興味が持てないわたしには、興味を持ってもらえなさそうなのが、怖かった。

「でも、俺も、統計はあんまり得意じゃないから、そのときは、数学3だったりしましたよ」

「へー、意外ですね」

「数学っていっても、内容によっては、まるで違うものだからね。得意不得意はどうしても出るんじゃないかな」

そう言ってから、彼が、俺ばっかりしゃべりすぎですね、と言って、多分照れ隠しにだと思うけれど、小さく笑った。

「そんなことないです。もっと聞きたいです」

思わず声に力が入った。嘘はなかった。彼の話をもっと聞きたいと思った。彼が身近にあまりいないタイプだったせいかもしれない。笑った顔がわりと好きだったせいかもしれない。何にせよ、彼の隣で話をもっと聞きたいと、本当にそう思ったのだ。

少し意外なようにも思えたけれど、彼と仲良くなることは簡単だった。さらに意外なことに、わたしたちが付き合うようになるのにも、さほど時間はかからなかった。

誰かを好きだと思う気持ちを色にたとえるならピンクだ、と思う。付き合うことになってからというもの、わたしは完全に浮かれて、ピンク色に染まっていた。自分自身だけじゃない。濃度は一定じゃないけど、彼への気持ちや、彼との日々を思うとき、頭に浮かぶものは、やっぱりピンクに染まっている。

全然意外ではないこととして、わたしと彼は、違いだらけだった。好きだった科目や入っていた部活、委員会。好きなテレビ番組。休日の過ごし方。よく行くお店。本棚に並べられた本。よく聴くCD。

知っているものがまるで違うことが、楽しかった。彼の口から語られる、わたしのまるで知らない数学者の話が、とても素晴らしいもののように聞こえた。わたしがすすめて貸した少女漫画に、彼は丁寧で熱心な感想と、別の作品も貸してほしいというリクエストをつけて返してくれた。

新たな違いを見つけるたびに、得した気持ちになった。彼の、自分と違う部分が、子どもの頃に集めていたおはじきみたいな、ちょっとした宝物みたいに思えた。

ピンク色の日々には、たとえばこんなことがあった。

彼の部屋に行くと、いつも几帳面に整頓されている机の上が、ごちゃごちゃと散らかっていた。どうしたの、と聞くと、今ちょうど論文をやっていて、それで、と非常に申し訳ないような気まずいような様子で言うのだった。

机の上の混沌を作り出しているのは、主にプリントのようだった。あとは、数、という言葉がタイトルに含まれている書籍が三冊。そして、ノートが目に入った。

「これ、たっくんのノート？」

わたしは聞いた。たっくんという呼び名は、付き合ってからすぐ、わたしが付けたものだ。最初は露骨にいやがる様子を見せていた彼は、すぐに順応した。きっとなんにでもすぐ馴染んでしまう人なのだ。そのことは、彼が自分以外のものに、簡単に溶け込まないことと、けっして矛盾しない。

「うん、そうだよ」

返事を聞くやいなや、見ていい、と質問した。いいよ、という彼の言葉の途中で、既にノートを開いていたのは、彼がそう言うだろうとわかっていたからだ。基本的に彼はなんでも許してくれる。

はしゃぐ気持ちでノートをめくったものの、一瞬にして勢いは削がれた。初めて見る彼の書く文字や、隅っこにぽつんと書かれた独り言みたいな言葉を期待していたのに、そんなものはなかった。

数学だから、文字がないのは仕方ないとしても、数字もほとんどないというのはどういうことなのか。ぱらぱらとめくってみても、イコールがあるから、書かれているのが何かの式なのだろうということしか理解できないような記号が並んでいるばかりだった。読み方も書き順もまるでわからないような記号が。

「……黒魔術?」

それだけ言った。これを解読すれば、悪魔が現れると言われても納得する。

「あれ、それじゃあわかんないでしょう。ここからだよ」

わたしの言葉を軽く聞き流し、横からノートを覗き込んだ彼が、言いながら、ノートを一ページ前にめくった。どうやらわたしの見ていたページの式は、途中だったらしい。そうなんだ、ありがとう、と一応答えはしたものの、さかのぼったページが、五ページ分だろうと十ページ分だろうと、式が読めないことに変わりはなかった。

「わたしには悪魔は呼べないってことがわかった」

ノートを元あった場所に置きながら言うと、たっくんが、なんの話、と言って笑った。それを見ながら、そうか、この人は、わたしが今まるでわからなかった式の意味を理解しているんだな、という当たり前のことを思った。

「たっくんはすごいね」

言いながら、背中から抱きついた。何が、とくすぐられたときのような笑みを含んで彼が言う。あんな式を理解していて、書くことができる彼を、心から尊敬した。満たされた気持ちになって、しばらくの間、貼りつくように彼にくっついていた。

それからこんなこともあった。

久しぶりに会った高校時代の友だちに、彼氏ができたということを伝えると、声をあげて喜んでくれ、その数日後、別件でしたメールにも、《今度はぜひ彼も一緒に飲もうね。楽しみにしてます》と、顔文字つきの返信があった。

一緒にいた彼に、さっそく、友だちが今度飲もうねって言ってるよ、と説明を加えながら携帯電話の画面を見せた。うん、ぜひぜひ、と彼が言ったとおりの言葉を返信して、やり取りを終えた。

少し経って、再び友だちからメールが来た。飲み会の具体的な日程を提案するものだったので、彼と次に会ったときに、その話を切り出した。

「こないだ、友だちと飲もうっていう話出たの覚えてる?」

「うん、覚えてるよ。メールにデルを使ってた子だよね」

「……デル?」

デル?　出る?　Dell?　わたしがよっぽど怪訝な表情を浮かべていたのだろうか。わたしを見る彼も、不審がる様子を見せる。デルについて考えているわたしの隣で、こないだのメールの子じゃないの、違うのかな、と独り言のようなつぶやきを重ねる。

「こないだのメールの子だけど……。デルってなんのこと?」

なにか勘違いしているのではないかと思いつつ、先日の友だちからのメールを再び見せた。すると彼は、予想外の反応をした。

「やっぱり使ってるじゃん。ほら、デル」

彼が指をさす部分を見てみる。上機嫌に笑みを浮かべているような顔文字だ。よくわからず、デル、デル……、と繰り返していると、ほら、と強い調子で言われた。よく見ると、彼が指しているのは、顔文字の目の部分、《∂》という記号だった。

「……これがデル? 数字の6の逆みたいな」

彼が少し驚きの表情を浮かべた。その後ですぐうなずく。

「そうだよ。これ、デル以外の呼び名あるの?」

「呼んだことなんてなかった」

「へー。ちょっとびっくりだな」

素直な調子でそう言った彼よりも、わたしのほうがびっくりしていたと思う。この記号に名前があるなんて、考えたこともなかった。そりゃあ、あらゆるものには名前が付けられているのだろうけれど、わたしにとって《∂》は顔文字で目に使われるものだ。それ以上でも以下でもない。

「ヘンビブンで使うよ。デル以外の呼び名、考えたことなかった」

ヘンビブン。また、わたしの辞書にはない単語だ。まだ少し驚いた表情を浮かべる彼を見ながら、わたしの思考は、違うところに飛んでいた。

同じ場所にいて、同じ景色を目にしても、彼とわたしが見るものはきっと、いや絶対に違うものなのだ。それって、なんか、すごい。大げさかもしれないとは思いつつも、心の中で、どんどん嬉しさが溢れ出してくる。

なに考えてるの、と彼が笑う。ううん、飲み会はいつにしようか、とわたしは答えた。思わず少しだけ笑いながら。


浮かれすぎていたのだろうか、とわたしは思う。彼と付き合って半年近くが経ち、二人の間には、険悪な空気が流れることばかりとなっていた。原因は、ほとんど全部、わたしにある。

付き合い出した頃と比べて、彼への好意が減ったわけじゃない。今だって、彼のことが好きだし、大切に思う気持ちは、変わらずにわたしの中にあることは本当だ。

どのくらい前からか、明確に線を引くことはできないけれど、わたしの中には、黒い感情が渦巻くようになっていた。嫉妬や劣等感に似た、けれどいずれとも少しだけ異なるもの。

彼と自分が違うのだということが、いつからか、喜びや単純なおもしろさではなくて、寂しさになっていった。彼の話を理解できない自分がひどくいやになってきた。わたしたちは合わないのではないだろうか、と考え始めた思いが、どんどん強さを増していった。

彼の中には、合わないなんていう認識はないだろう。わたしだけが勝手に、彼の話を理解できないことや、彼があまりにも穏やかでいることに、あせったり、腹を立てたり、悲しくなったりしているだけなのだ。そう考えれば考えるほど、今の状況が、合わないことよりも、ますます絶望的であるように思えてしまっていた。

わたしは、彼が数学の話を持ち出すたびに、あからさまにいやな顔をするようになり、彼が数学にまつわる本を読んでいたり、ノートに何かを書き込んでいることには、否定的な態度をとった。彼は、気づいていないのか、あるいは気づいていても気にしていないのか、数学の話を持ち出さなくなったりはしなかった。わたしはますます、不機嫌さを露骨に出すようになった。

彼の友だちと一緒に飲んだことも、大きなきっかけとなった。すっかり酔っぱらった様子の彼の友だちが、いやー、真澄ちゃんはいい子だね、というようなことを繰り返し言っていた。最初は苦笑交じりに流していた彼が、明らかに様子を変えたのは、彼の友だちの口から、チハルさんと別れて正解だったんじゃないの、という言葉が出たときだった。チハルさん？

「お前、ほんと酔っぱらってるだろう。やめとけよ」

珍しく強い口調でそう言った彼に対し、わたしは言った。できるだけ明るい声で。

「その話、聞かせてくださいよ」

結局、彼の友だちの話からわかった情報は、チハルさんは彼の前の彼女で、数学科の同級生で、今はシステムエンジニアとして働いているということだけだった。まだ続きそうな話は、たっくんの、いいかげんにしとけよ、という静かなトーンの声でさえぎられた。初めて見る彼の怒りだった。めったに見せない怒りに、さすがに彼の友だちも気まずさを感じたのか、先生に怒鳴られた小学生みたいに口をつぐんだ。

次に彼に会ったとき、わたしは切り出した。

「前の彼女、チハルさんっていうんだねー」

彼は眉をひそめた。わたしは、チハルさんのどこが好きだったの、と質問した。彼は、わかんない、と即答した。その後もわたしは、わかんないってどういうこと、とか、なんでチハルさんの話をそんなにいやがるの、とか、いくつかの質問を重ねたものの、彼は微笑むようにして、わたしの頭を撫でるだけで、何も言わなかった。

　本当は、別になんだっていいと思っていた。彼はいつだって優しくて、わたしを好きでいてくれて、大切にしてくれている。前の彼女と連絡を取り合っていることもないだろうし、少なくともわたしにわかる部分で、未練を残している様子は一切ない。ただ、わたしは彼女が数学科だったという部分に強く嫉妬していた。彼と同じ景色を見て、彼と同じことを思えるのだということが、うらやましくて仕方なかった。もちろんあくまでも想像だ。実際には、数学科の人がみんな同じ考え方をしているはずがない。当然理解している一方で、ばかげた想像は、反対に勢いを増した。

　彼が数学の話をするたびに、自分がチハルさんじゃないことをくやしく思ったし、彼もまたそう思っているのではないかという想いにとらわれた。自分がとてもつまらない、何も持っていない人間に思えることすらあった。

　考えないようにしても、全然うまくいかなかった。一度意識してしまうともうダメで、どんどん気持ちが黒くなっていく。

　自分で自分の想いを侵食してしまうのが怖かった。綺麗に染まったピンク色の日々が、一点の黒いしみから、ダメになっていく気がした。簡単には壊れない、傷つかない幸せを持っていたいのに。彼のことを、きちんと好きでいたいのに。わたしは、彼には言えないたくさんの、のに、を積もらせていった。

同じ部屋にいながら、彼は熱心な様子で本を読みこんでいる。わたしは用もないのに携帯電話をいじっている。彼が全然こちらの様子を気にしないことに、しびれを切らしながら言った。

「何読んでるの」

これ、と言いながら、彼は本の表紙をこちらに向けた。当然といおうか、作者名らしき名前は、わたしの知らないものだった。

「その人、すごいの」

興味があったのではなく、再び読書に戻ろうとする彼を止めたくて、聞いた。彼は、わたしの意図など気づかずに、あるいは知っていても意に介さないのか、丁寧に説明をはじめた。

「数直線ってあるでしょう。あれの、黒丸とか白丸とかあったのって覚えてるかな。以上や以下なら黒丸。未満なら白丸」

わかんない、とわたしは言った。彼がどんなことを言ったって、そう答えていたと思う。ここ最近のわたしは、数学についての話を聞くことを、ほとんど放棄していた。

ちょっと待って、と言いながら、彼はノートとペンを持ってきた。ノートに何かを書き、わたしに見せる。書かれていたのは、一本の横線。定規のように、一定の目盛りが引かれ、1、2、3、と数字が書かれている。2の上には黒丸がある。

「で、これが2以下ってことなんだけど」

言いながら、彼が書き加えたものは、線だった。黒丸から少し上に出た線は左に進んでいる。

「ここの部分が、2以下。わかる？」

子どもに対するときのような彼の優しい口調に、ますます苛立ちを募らせながらも、わたしはうなずいた。

「で、2以下ってことは、2で終わってるんだよ。以下だから。1・9とか、1・99とかじゃなく、2。で、問題はこの黒丸が書かれた右の部分。こっちの部分は、どの数字から始まることになるか、わかる？」

「2・1とかじゃないの」

われながら冷たい声だと思った。彼は、そういうふうに思うだろうけど違うんだよ、と心なしか嬉しそうな声をあげる。数学の話をするとき、彼はいつだって楽しげだ。

「それだったら、2・01かもしれないし、2・001かもしれないでしょう。正解は、ないんだ。どれも違う。はしっこがないってことなんだよ。この場合、2は左に含まれるから、右には2がないんだ。もやみたいなものと考えてくればいいかも。ちなみに、逆の、2以下は閉じているってことになるんだけどね。それで……」

「え、ちょっと待って」

どこまでも続いていきそうな話をさえぎったわたしに、彼が首をかしげる。わたしは言った。

「それって、変だと思う」

彼は何も言わずに、わたしの言葉の続きを待つ。あせりながら、わたしは言った。

「だって変じゃん。始まりがないってどういうこと？」

「うん、繰り返しになっちゃうけど、切断したいずれかに、2が含まれているなら、もう片方には2がない。始まりそのものがないんだから、そこには数がないんだ。で、それまでは数直線の切断っていう概念そのものが……」

「変。絶対変だよ」

無理やり彼の言葉を切って、結論づけるように言い切ると、わたしは再び携帯電話をいじり出した。することなんてないのに。彼が何か言いたげにこちらを見たのがわかったけれど、わたしが顔を上げなさそうなことがわかったのか、そのうちまた読書に戻った。わたしはくやしくなって、言った。

「大体、なんでそんなにつまらなそうな本読んでるの。せっかく会ってるのに」

「つまらなくはないけど……。もうすぐ研究会があるから、いくつか読み返したい本があるんだ。だから、しばらく真澄も退屈させちゃうかも。ごめんね。あ、そうだ、読みやすい本、いくつか選んでおこうか。おすすめのがあるよ。俺が中学のときに読んで、すごく感動したやつとか。よかったら読んでみてよ」

彼が立ち上がり、本棚に向かう。背中にぶつけるように言った。

「それって、わたしのこと、中学生扱いってこと?」

振り返った彼が、そんなことないよ、と素早く言った。表情にも、心外だ、という思いが色濃く出ていた。わたしだってわかっていた。彼はそんなふうに、誰かを馬鹿にしたりしない。けれど、とげが刺さったような感触が抜けなくて、なんとかとげを抜きたくて、彼へと言葉を投げつけていった。そんなことをしても、とげは深くなる一方だとどこかではわかっているのに、止まらなかった。

「ねえ、大体、研究会っていつなの」

「再来週の木曜日かな」

「いつから決まってたの」

「え、いつだっけな。出欠の返信は、先月出した気がするけど」

「どうしてすぐに教えてくれなかったの」

「何を？　研究会に出ること？」

「そう。わたしに言っても、どうせ何にもわかってないから？　数学の話なんて、全然できないから？　もしこれが、チハルさんだったら、すぐに教えたんでしょう？　それで二人で、研究会のテーマにでもついて、楽しく話し合うんでしょう？」

言いながら、泣けてきた。馬鹿みたい、と思う。本当に馬鹿みたい。何を言ってるんだろう、わたしは。好きな彼を困らせて、一体何がしたいんだろう。思いと逆に、言葉が勢いづく。

「どうせわたしは何にもわかってない。けど、たっくんだって、どんなに難しい式だって解けるつもりになってるけど」

「なってないよ。解けない式の方がずっと多いよ」

彼の冷静な言葉が、余計に腹立たしかった。

「なってる。なんでもわかってるつもりになってる。それでわたしを馬鹿にしてる」

ため息をつきながら、彼があからさまに浮かべる悲しげな表情は、初めて見るものだった。胸が痛む。けれど、言葉はちっとも止まらない。

「たっくんは、数学ばっかりやってるせいで、人の気持ちが全然わからないんだよ。だからチハルさんとも別れるし、わたしのことも全然わかってくれないんだよ。理解しようともしてくれないんだよ」

早口で言い切った直後に、涙のせいか、咳《せ》き込んでしまった。息が苦しくなる。涙は止まらない。そのまま声をあげて泣いた。彼の手が、わたしの背中をさする。

ゆっくりと少しずつ、涙がおさまってくる。速かった呼吸が、いつものリズムを取り戻すくらいになって、黙っていた彼が、口を開いた。

「羊羹《ようかん》食べる？」

「羊羹？」

「昨日、研究室で、おみやげにもらって、分けようと思って忘れてた。ちょっと待ってて」

わたしの返事も聞かずに、彼が台所へ向かう。薄いドア一枚隔てた向こう側が、少し騒がしくなった。コンロを点《つ》ける音がしたので、お茶も淹《い》れるつもりなのかもしれない。彼はコーヒーも紅茶も日本茶も、わたしよりずっと上手に淹れることができる。大したことではないし、ちょっとした慣れだというけれど、何か秘密でもあるのではないかと思うくらいだ。

しばらくして戻ってきた彼は、予想通り、あたたかなお茶が入ったマグカップを二つ持っていた。テーブルの上に置くと、また台所へと行き、今度は小さめのお皿を二つ持ってきた。それぞれのお皿の上には、同じくらいの大きさに切られた羊羹。

「いただきます」

彼が言うので、つられて、小さな声で同じ言葉を繰り返した。フォークで、羊羹を小さめに切り分け、口に運ぶ。思い出せないくらい久しぶりに食べる羊羹は、なつかしくて、甘かった。

横目で彼の表情を窺うと、彼は目線を下に落としていた。羊羹のあたりに向けられている。わたしも同じように、彼が一口分食べた羊羹に視線を落とした。わたしの前に置かれたお皿には、わたしが一口分食べた羊羹。

唐突に、さっきの話題を思い出した。数直線をどこかで切断すると、はしっこがなくなるのだと彼は言った。片方に2があるのなら、もう片方には数がないのだと。

けれど、そんな理屈が通用するなら、羊羹を切って、片面が羊羹だったら、もう片面は羊羹じゃないってことになってしまう。やっぱり変だ。だって、わたしの目の前にあるものも、彼の目の前にあるものも、まぎれもなく羊羹なんだから。

「ねえ、羊羹は切っても切っても、ちゃんとどっちも羊羹だよ」

「え?」

顔をあげた彼は、少しだけ口を開けていた。あまりに邪気のない表情に、わたしは思わず笑ってしまう。彼はそのまま、開いた口を動かして言った。

「俺は、真澄の気持ちがわからないよ」

彼の視線は、またも下げられている。羊羹に話しかけているみたいだ。

「全然わからないし、多分、永久にわかることなんてできない」

彼が小さく息を吸う。わたしの緊張も高まる。別れ話だ、と思った。無理もないことだけど、彼はわたしに疲れてしまったのだ。体を硬くして待つ。けれど、彼が続けた言葉は、別れを意味するものではなかった。

「でもそんなの、当然だと思う。俺と真澄は、違う人なんだから。だけど、わかりたいし、わかり合いたいって思ってるし、本当に好きだよ。そういうことのほうが、大事なんじゃないのかな」

わたしはすごく驚いた。絶対に別れ話だと思ったのに。ひょっとすると、口が開いていたかもしれない。そのまましばらく、何も言えずに彼の顔を見つめていると、不安げに付け足された。

「違う？」

「ううん、わたしも好きだよ。本当に。好きだよ」

一気に答えた言葉は、多少的外れなものだったかもしれないけど、たっくんはふっと柔らかく微笑んだ。

そうだ。いつだってこの人は、わたしの予想しないことを言う。わたしが思いつかないようなことを思いつき、わたしが死ぬまで知らずに過ごすようなことを考えながら暮らしている。

わたしは、自分の中でよみがえる思いがあるのを感じていた。この人とわたしはすごく違って、絶対に同じものにはならない。それは最初からわかっていて、だからこそ好きになったのだということ。別々の視線を持っているからこそ、一緒にいて、世界がピンク色になったこと。

思いは、よみがえったのじゃなくて、隠れていただけかもしれない。きっと、これからだって、いくらだってそう思えるはずだ。

再び、羊羹を口に入れた。呑《の》みこんでから、口の中に残る甘さを流すようにお茶を飲む。やっぱり、わたしが淹れるお茶よりも、ずっとおいしかった。

ドライブ日和

軽く目を閉じると、まぶたに窓からさしこむ光が当たって、ほのかにあたたかい。まったく、ドライブにうってつけの日だ。そのままあたたかさを享受していると、着信音が静かな車内に響いた。わたしの携帯電話だ。びっくりしたと言う助手席の静香《しずか》に、ごめんごめんと返しつつ、メールを確認した。着信音の時点で、誰からのものかはわかっていた。

《久しぶりにいい天気だね。散歩してたら、猫見つけた》

絵文字が混ざったメールには、写真も添付されていた。塀の上で座り込み、目を細めている白黒のぶち模様の猫が映し出されている。

《眠そうだねー。めっちゃ可愛い！　ちなみにこちらはドライブに来ています。温泉だよー》

最後に絵文字も入れて、あっというまに作成した返信メールを、送信するのではなく、下書きフォルダに保存した。温泉に入ってから、感想も加えて送ることにしよう。宛先は、松浦紘也《こうや》。

メールが来たことを嬉しがっている自分が、しゃくだった。正しいか間違っているかでいうのなら、確実に後者だ。

どうしようもない。メールを送ってくる紘也も、メールを律儀に返信する自分も。わたしの中に、一枚の絵となった映像が思い浮かぶ。もう何度も思い浮かべた映像だ。引越しの日に、周囲を炎に取り囲まれるわたしたち。

再び目を閉じる。今日のドライブは、唐突に決まったものだった。昨日の夜になって突然、静香から電話がかかってきたのだ。あのさ、明日集まろうって言ってた予定、朝からにして、ドライブ行かない？　日帰りで温泉とかどうかな。楽しそうでしょ。

乗り気になったわけではないけれど、ドライバー役の歌奈《かな》が賛成してくれたということで、わたしに断る理由は浮かばなかった。そして二人は、レンタカーに乗って本当にやって来た。車体を見たとき、そういえば青い車ってタイトルの曲があったな、と思った。紘也の好きなバンド。

余計な思考ばかりがちらつく。目を開けて、何回か素早いまばたきをした。落ち着きのないわたしの様子が、気配なのかバックミラー越しになのかはわからないけれど、静香に伝わったのだろう。こっちを振り返り、はきはきと言われた。

「史上最大級って感じの失恋のこと、思い出してる?」

「よくわかったね」

「そりゃあわかるよ。今にもため息つきそう」

「ほんと、史上最大級だよ。このエネルギーがそのまま発電できるなら、世界中を明るくできると思うよ」

「それ、むしろ暗くなりそう」

わたしの言葉よりも、歌奈の突っ込みに対して、静香が笑い、再び前を向く。

「じゃあ頑張って、世界中を停電させる」

歌奈と静香が小さく笑い声をたてる。迷惑ー、と言い合いながら。わたしは、もう一言くらい何か付け加えるべきかと思いつつも、窓の外に目をやった。高速は景色があまり変わらなくてつまらないな、と思う。

静香のいうとおり、わたし史上ということならば、間違いなく最大級の失恋だった。別れから二ヶ月経った今、痛みは薄れたかというと、そんなことは全然ない。今すぐにでも泣けそうだ。ただ、成長したのか時間の流れにともなっただけかはわからないけれど、考えないようにすることが、少しだけうまくなったようには思う。

今でも泣けそうな、泣きそうだった毎日で、実際に泣いてばかりいたのは紘也のほうだった。

紘也は、あの話を切り出す前から泣いていた。話があると言った直後から泣き出した彼を、最初はわたしもなだめすかしていた。けれどさすがに疲れてきて、明日の仕事も心配になり、話す気がないならもう寝るけど、と言った段になってようやく、子どもができて、と彼が言ったのだ。

「子ども？　子どもって、紘也の？」

我ながら、間抜けな質問だったなと今は思う。友だちや親戚に子どもができて、紘也があんなにも泣くはずがないのに。

「ごめんなさい」

相変わらず泣きながら、うつむいてそう小さく言った紘也の前で、絶句した。子ども？　子どもができて？

紘也はそのまましばらく頭をあげなかった。わたしは、彼のつむじのあたりを見ながら、わたしたちが最後にセックスしたのはいつだっただろうと考えていた。暑い日だったか、寒い日だったか、昼だったか夜だったか、まるで思い出せない。意外と最近だったかもしれないし、驚くくらい遠いことだったかもしれないとも思う。

「結婚するっていうことなの」

わたしの口から出てきた言葉は、それだった。顔をあげた紘也は、もう泣いていなかった。ただ眉間に皺を寄せて、困った顔をしていた。それは、わたしが怒っているときによく見せる彼の表情だった。わたしは怒ってなんていなかったのに。

「……うん」

「結婚とか、子どもとか、お金はどうするの」

「向こうの貯金とか。あと、うちの親も出すって言ってる」

「親にはもう話したの？」

「こないだ、電話で」

どこかから湧いてきた怒りが、一瞬にして広がっていき、そして部屋の中に溶けていった。怒りを通り過ぎて、別の何かに変化したのだとわかった。

順番が違うでしょう、と叫びたかった。そうやってあんたは、周囲から固めて、わたしに選択肢など与えずに逃げ込むつもりなのかと、隣近所に聞こえてしまうくらいの声で怒鳴りつけてやりたかった。目の前で困り顔を浮かべる彼の、弱点や欠点を、片っ端からあげつらって、ありとあらゆる種類の言葉を使って、何時間でも責めつづけたかった。それらはどれも、実際にできることだったのだ。

「今月末までには、引っ越そうと思ってる」

黙っているわたしに、紘也の発した言葉は、追い討ちをかけるかのようなものだった。今月末って、もう今月は残り半分しかないのに。一人になっては広すぎる2Kの部屋は、当然家賃もそう安くない。

「そっか」

わたしは言った。言いたかったというよりも、何か言わなきゃいけない気がして出した言葉だった。

「亜由子《あゆこ》」

唐突に名前を呼ばれ、目が合った。あゆちゃん、という普段の紘也の呼び方との温度差が、そのまま関係の温度差なのだろうと思う。彼の中では既に、さまざまなものが変化してしまったのだ。少しだけ見つめ合ってから、紘也が言った。

「ごめんなさい。本当に好きでした」

「……もう」

そこまで言ってから、続けたい言葉が何なのかわからなくなった。もういいよ?

もうしょうがないよ？　もう無理なのかな？　もう何も言わないで？　正解を見失い、仕方なく、一番どうでもいい言葉をつなげた。

「……もう、寝ようか。明日も仕事だしね」

返事を待たずに立ち上がり、寝室へ移動した。せかされているかのように、ベッドにもぐりこみ、目を閉じるけれど、当然眠りが訪れる気配はなかった。このダブルベッドはどうするのだろう。家具や家電は、全部分け合うことになるのだろうか。そんなことをぼんやり考えていると、紘也がベッドに入ってくるのがわかった。

眠るときに一定の距離を置く習慣は、どっちがつくってしまったものなのだろうと考えていた。紘也は彼女と付き合いだして、どれくらい経つのだろう。

不意に、紘也が近づいてくる気配があって、直後に右手をつながれた。指をからめるような、いつもの紘也のつなぎ方だ。薄目を開けて天井を見ると、照明の形がぼんやりとわかる。紘也の手は動かず、わたしも動かさずにいた。何か言ったほうがいいのか、何か言おうとしているのかを、空気で読み取ろうとしたけれど、わからない。しばらくすると、静かな呼吸音が耳に飛び込んできた。一定のリズムで聞こえてくるそれは、紘也が眠ってしまった合図にほかならなかった。

途端、彼の気持ちが、手に取るようにわかった。彼女の妊娠が発覚してからというもの、ずっと眠れずにいたのだろう。わたしに話すことが怖くて仕方なくて、絶対に味方になってくれるであろう両親に話しても不安が拭いきれなくて、今日ようやく話せたことで、重たさや辛さから一気に解放されたのだ。

子どもみたいだ。悪いことをして叱られるときの子どもと、まるっきり一緒。わたしは、心の中で苦笑した。紘也の手とつながっている右手に力を加えたけれど、彼が気づいたり起きたりする様子は皆無だった。恋人じゃなくて、母親になっていたのか、わたしは。

どうせ家族なら、結婚しておけばよかった。

思ってから、そう自分が思ったことに驚き、嫌悪した。

紘也の手が、ほどけるような離れ方をした。寝返りを打ったことが、空気の動きとベッドのきしみでわかる。あ、ほどかれた、と思うと同時に、さっきのショックが、絶望ともいえるほどに重みを増したのがわかった。

二ヶ月前のあの夜を思い出すたび、紘也の裏切りに対してと同じくらい、あるいはそれ以上に、自分の感情への苛立ちが生まれる。よぎった思いは、とてつもなく悔しくて苦しい、認めたくないくらい情けないことだった。口に出さなかったのが、せめても救いだろう。けれど、あのとき、自分で自分を裏切ってしまったのだという感覚は、今も、白い服についた食べ物のしみみたいに残っている。結婚しておけばよかった、なんて。

「ねえ、話変わるかもしれないけどさ、紘也くんと結婚しようとは思わなかったの？」

考えていたことを見透かされたかのような歌奈の質問に、えっ、と変な声を出してしまった。気にしていない様子の二人に安心しながら、答える。

「思うわけないじゃん」

少し早口になった。

「わたしの結婚制度反対なんて、今に始まった話じゃないよ。そんなの、紘也と出会うずっと前からだったでしょう」

いつもと違う口調になってしまった。諭《さと》したいみたいな、変な言い方だ。気づかなかったのか、静香が、そうだよねー、と勢いよく声をあげる。

「あゆ、高校時代から言ってたもんね。結婚という制度の意味がわからないとか、夢が持てないとか。毎日のように聞かされて、うっかりこっちまで洗脳されるところだったよ。っていうか、いまだにあたしと歌奈が独身なのって、その呪いじゃない?」

歌奈が、小さくおまけみたいな笑い声をあげるだけで、何も言わなかったのが気になった。かといって、これ以上主張するのも、ムキになっているみたいだ。高校時代って、今からもう十年も前のことなんだな、と関係のないことを思った。

「けどさ、紘也くんも、ずっと結婚反対だったの? 結婚したいとか子ども欲しいとか、一回も言ってなかったの? ごめん、あたし、余計なこと聞きすぎ?」

「ううん、別にいいよ」

言いながらも、わたしは答えに少し詰まってしまう。不自然でも強がりでもないように、言葉を探って組み立てる。

「出会ったときから、結婚反対同盟組めそうなほど一致してたんだよ。むしろ、そういう部分が、付き合うきっかけになったとこもあるんだけどねー。なんでこんなことになったんだろうねー。できちゃった結婚ってねー」

明るく、なんてことのないように響くようにした言葉は、むしろ不自然さが滲《にじ》んでしまった。嘘をついたわけでもないのに。慌てて言葉を付け足した。黙っている歌奈への質問だ。

「ねえ、歌奈は結婚しないの? 坂東さんと、付き合って結構長いよね」

「うーん、もうすぐ二年だね」

　長いじゃん、と驚きの声をあげる静香に同意しつつ、わたしは坂東さんの顔を思い出そうとした。わたしたちより五歳年上の坂東さんとは、何度か一緒にお酒を飲んだことがある。清潔感のある人だと思った。苦手なことがあまりないだろう、とも。会社経営という肩書きも、やけに似合っていた。

「結婚したくないみたいよ。それに、他にも彼女できたみたい」

「え」

　出すつもりじゃない声が出た。訊ねようとするわたしの代わりみたいに、静香が大きな声で、何それ、どういうこと、と早くも怒りを交えながら聞いた。

「会うペースが少なくなったのもそうだし、やけに携帯電話をいじってることが増えたし。こないだの向こうの誕生日に、バッグの中に、プレゼントっぽい包みが入ってるのも見つけちゃったし。会社の人にもらったとか言って、別のプレゼントの話はしてたのに、その包みのことは言わないまま」

「でも、それ、本人には確認したの？　怒ったりしないの？」

　わたしの質問に、歌奈は首を横に振ってから、言った。

「……なんでも許せるなんて、恋してないからなんだろうね」

返事を求めるような言い方ではなかった。今日は暑いねとか、明日は雨らしいよとか言うときみたいな響きだった。

「でも、全部許せるなら、愛だよ」

静香がきっぱりと言った。いつもよりも強い口調に、少し驚いた。

許せないなら恋で、全部許せるなら愛か。なんだか、そのまま広告にでも使えそうなフレーズだ。さらに付け足すフレーズを考えたけれど、思い浮かばなくて悔しい。

歌奈は、静香の言葉に対して、ふふ、というような笑い声をもらすだけだった。静香はまだ何か言いたそうな様子だったけれど、結局は黙った。再び話したのは歌奈のほうだった。

「けど、わたしはよかったと思うよ。別になぐさめとかじゃなくて」

内容から、わたしへの言葉だとわかった。バックミラーで確認したけれど、ハンドルを握りつづけるその表情に、特別なものを読み取ることはできない。続きを待った。

「正直、今回の別れ方聞いて、ええって思ったし。こんな言い方はよくないかもしれないけど、紘也くんのこと、すごく弱いしずるいと思ったな。他の女の人と子どもをつくったってこと自体ももちろんひどいけど、その後の対応は、ありえないよ」

「うん、そうなの。ほんとにそう」

言葉が口から飛び出す。その通りだった。紘也の弱さ。紘也のずるさ。本当に、信じられないほどだった。


わたしに別れ話を切り出してから、紘也は、驚くほどの速さで部屋を出る準備を進めていった。別れ話が絡んでいるというよりも、大学進学で一人暮らしをはじめるような雰囲気だった。

そしてわたしも、毎日仕事をして帰ってきては、とにかく荷造りを進めた。馬鹿馬鹿しいし、まるで意味を成していないことはわかっていたけれど、絶対に速さで負けるわけにはいかないと思っていた。紘也が部屋を出る前日までには、最低でも一時間前には、わたしも引越しを終えてしまいたかった。自分だけがこの部屋に取り残されてしまうのだということが、怖くて仕方なかった。

ほとんどの家具や家電は、わたしが引き取ることとなった。紘也は、俺は必要ないから、と言った。その言葉の裏に、新しい彼女の存在が透けて見えて、必死に考えないようにした。食事をパスし、睡眠時間を削り、わたしは段ボールにあらゆる物を詰めつづけた。本、CD、洋服、食器、アクセサリー。段ボールの山は少しずつ高くなっていき、体には筋肉痛、目の下には隈が生まれた。

そんなわたしの様子を見て、さすがに紘也も何か思ったのか、今後数ヶ月は、変わらずに家賃を支払い続けるから、次の部屋探しはもう少しゆっくり行うべきではないかという提案をしてきた。もっともだった。時間を見つけてははしごする不動産屋でも、なかなかめぼしい物件には出会えていなかったし、自分の疲労具合やその他の条件を考慮したって、今月中に引っ越すということにはかなりの無理があった。けれど、紘也の申し出を、わたしは断った。取り残されることは、何をさしおいても、避けなければいけない事態だったから。

なんとか部屋を見つける頃には、わたしは本当に疲れ果てていた。眠っても疲れが抜けなくて、ずっと水泳の授業の後みたいな気だるさを抱えていた。

わたしの引越し日は結局、紘也の引越し前日となった。引越し日の朝、段ボールの山に埋もれるように、数時間後に来るはずの運送屋を待っていると、紘也がつぶやいた。しかも、ひどく傷ついたような表情で。

「うまく信じられないな」

聞き間違いかと思ったし、そうならいいとも思った。

「……わたしが言いたいくらいだよ」

湧きあがる怒りを必死に抑えながら、冷静な声でそう言うと、ごめんなさい、と傷ついた表情のままで言われた。怒りで震える手を隠しながら、下唇を噛んだ。自分が泣きそうになっていることもまた、腹立たしかった。

傷ついているのは、紘也の弱さだと知っていた。傷つくことで自分を守って、罪悪感から逃れようとしている。信じられないようなことをして相手を傷つけたのは自分のほうだということすら、認められないのだ。

引越し準備のさなか、わたしは一度も紘也を責めなかった。責めれば責めるほど、自分が傷つくだろうと思ったからだ。ごめんなさいなんて言葉は、何の救いにも癒しにもならないと知っていた。

紘也の謝罪に答えずにいると、彼は泣き出した。低い声でうめくようだった泣き方が、わたしが何も言わずにいることで、どんどん勢いを増していった。もう隠そうとか我慢しようとかいう意識はないようだった。

頭をなでれば、彼は落ち着くのだろうか。仕方ないよ、とでも言えばいいのだろうか。わたしが彼を抱きしめて一緒に泣いたなら、美しい別れのシーンになるのだろうか。逆に、ふざけないでと怒鳴りつけたなら、いっそ被害者は彼になって、気持ちは楽になるのだろうか。

　わたしは、わたしたちを取り囲むようにしている段ボールの山が、いっせいに燃え始めるところを想像していた。長くは続かなかったけれど、頭の中で作り出した情景はまるで、一枚の絵のようになって、わたしの中に貼りついた。

「ねえ、サービスエリア寄りたいな。帰りでもいいんだけど。サービスエリア楽しいよね」

「いいよ、ちょうど、こっちの方向にあるし。いいよね？」

　歌奈から問いかけられたので、答える。

「うん、もちろんいいよ。わたしもサービスエリア好き」

「ねー、楽しいよねー」

　静香のはしゃぎ声につられるように、わたしの口から思わず笑みがこぼれた。サービスエリアなんて、何年ぶりだろう。広いとこだといいな、と思った。テンションがちょっと上がるのが自分でもわかった。

　けれど、次の曲が耳に飛び込んできて、ささやかな幸福感は一気に台無しになる。

飛び上がるように前のめりの姿勢になると、運転席と助手席の間のスペースに置かれた、白いMP3プレイヤーに手をかけた。歌奈が持ってきたものだ。

「曲変えるね」

返事も聞かずに、次の曲へのボタンを押した。

「なに、弱点だった？　今の」

心なしか、静香の声は、どこか嬉しそうにさえ聞こえる。超弱点、と答えて、シートにもう一度背中をもたせかけるけれど、さっきの幸福感は、どこかにいってしまった。

「意外。紘也くんもあゆも聞かなそうな曲なのに」

何か聞き出したいというよりも、単純な感想として口に出したのであろう歌奈の言葉に、思わず本当のことを言ってしまう。

「ボーカルの子、紘也の奥さん、っていうかまだ婚約者かな、に似てるらしいよ。どんな子なのって聞いたら、説明された」

奥さん、という言葉に、言った自分が少し傷つく。

「うわー、それは弱点だね」

静香の相槌は、やっぱりなんだか楽しそうだ。声を聞きながら、それぞれの失恋にまつわるものを、弱点というようになったのはいつからだろうと思っていた。高校時代は、そんな言い方をしていなかったように思うけれど、他のことがひっかかって、うまく思い出せそうにない。

今さっきまで、幸せな場所の象徴みたいに思えていたサービスエリアのことも、紘也と結びつけるように考えてしまう。わたし同様に、免許を持たない紘也。婚約者は免許を持っているのだろうか。

三年以上付き合っていたけれど、わたしたちは一緒にサービスエリアに行ったことなんてないかもしれない。というかきっと、ない。二人きりで行けないのは当然だけれど、それ以上の人数でも、行ったことがあっただろうか。そういえば、紘也の友だちが車を出してくれて、海に行ったことはあった。けれどあの時は、高速を使っていないから、サービスエリアに寄ったはずはない。

紘也は今、何しているんだろうと考えたところで、さっきのメールを思い出す。目を細めている猫。

二人の部屋から引っ越した翌日、わたしは新居で、荷造りと同じくらいの必死さと素早さで、自分だけの部屋をつくりあげようとしていた。一刻も早く、部屋に馴染みたかった。まるで三年前からこうして住んでいましたよ、というくらいになりたかった。汗ばみながら作業をつづけていると、携帯電話が鳴った。

最初のメールは確か、《元気？》というそれだけのものだった。返信せずにいると、次の日もメールが届いた。《ごめんなさい》とだけ書かれていて、わたしはやっぱり何も返さなかった。

それからメールが途切れて、次にメールが来たのは、三日後の夜だ。こんなにもはっきり記憶してしまっている。わたしがシャワーから出るのを、どこかで見ているかのようなタイミングで、着信音が鳴ったのだ。会社で飲み会があったという内容のメールに、おつかれさま、とだけ書いて返した。メールを受け取って、返信を書いて送るのに要した時間は、一分にも満たなかったと思う。二回無視したから返信しなきゃとか、他愛もないことだったから返信しようとかいうことではなくて、もっと無意識に近いものだった。ドライヤーで髪を乾かしていると、さらにメールが来て、返すとさらに返信が来た。寝る寸前に、おやすみなさい、と送るまでやり取りは続いた。珍しくよく眠れた翌朝に確認すると、その日だけで、わたしは二十通以上のメールを紘也に送っていた。もちろん受信したメールも、同じ数か、向こうが一つ多いくらいあった。

以来、メールは日課だ。この一ヶ月以上、わたしたちは毎日メールをやり取りしている。一日も欠かさずだ。

何か思わないわけではなかった。別れのことを思い出し、落ち込んだ気分になっているときに、紘也からのくだらないメールを読み返し、携帯電話を真っ二つに割りたいくらいの気持ちになったこともある。何のつもりなんだというメールを、作成しかけたことだって。

けれど実際に、紘也からメールが来ると、わたしは一気に平常心を取り戻し、同じくらいどうでもいいメールを返す。当たり前だけれど、メールで好意を伝え合ったり、会う約束をすることはない。けれど誰かにメールを見られたなら、わたしたちは間違いなく、普通の恋人同士だと思われるだろう。

「着いたー」

静香の声に、わたしは無意味な思考を止める。シートベルトをはずし、荷物を持って外に出ると、思ったよりも涼しかった。腰に手を当てて、背中を伸ばす。

「結構大きいね。人も多いし」

歌奈に言われて、改めて建物に目をやる。壁の鮮やかな黄緑色。確かに広そうだし、人の出入りも多い。建物の近くには、大きな滑り台が設置されていて、何人か子どもが滑っているのが見えた。

歩きながら、建物の前に横一直線に並んでいる、木でできたいくつかの小屋が気になった。屋台だ。それぞれの小屋で、商品名が書かれたのぼりが風にたなびいている。おいしそうな匂いもしてきて、一気に空腹を感じた。まだお昼には早いけれど、軽く何かをつまみたい。

「ねえねえ、どれ買う?」

「どれもおいしそうだね」

二人も同じ意見だったようで、早くも買うものの選択にうつっていた。わたしも慌てて、どんな商品があるのかを見た。みたらし団子、コロッケ、フランクフルト、揚げまんじゅう。

どれもおいしそうに思えたけれど、あるものを見つけたことで、心は決まった。屋台の前まで来ても、まだ決定しきれていない様子の二人に言った。

「わたし、ソフトクリームにするね」

「え、どれ?　あ、あの牛乳ソフト?」

「おいしそうだね。でもちょっと寒くない?」

確かに、今日は晴れていてあたたかいと思っていたけれど、このあたりはわりと涼しい。食べているうちに寒さをおぼえる気もしたけれど、選択に変化はなかった。

「でも食べたいし、買っちゃうことにする」

宣言してから、ソフトクリームを売る屋台の前に行き、牛乳ソフトを注文する。レジ近くには、どうやら旅行雑誌のものと思われる切り抜きが貼ってあった。結構人気があるらしい。

「お待たせいたしました」

渡されたソフトクリームを、慎重に受け取って、二人の近くへ戻る。さっそく一口含んだ。なめらかな感触と、甘い匂い。おいしい。

「すっごくおいしい」

言いながら、静香に手渡した。食べた静香が、わたし以上に強い驚きを含んだ大きな声で、おいしいと言う。ソフトクリームが、静香から歌奈へと手渡される。

「ほんとだ。濃厚だね。おいしい」

歌奈から受け取り、再び口に入れる。冷たい甘さが、口に広がって、すうっと溶ける。さっきと同じく、静香に手渡した。

「これ、ほんっとおいしいね。ごめん、いっぱい食べちゃいそう」

静香の言葉に、あまりに熱がこもっているので、少し笑った。少々おおげさにも思えたけれど、本当においしいソフトクリームだ。

ソフトクリームは、紘也の好きな食べ物だ。お店に行って、ソフトクリームがメニューにあると、絶対といえるほど頼んでいた。ソフトクリームがおいしいというお店を、わざわざインターネットで探した紘也に付き合って、足を運んだことも何度かある。

静香と歌奈が購入したのは、それぞれ、たこ焼きとチーズ大福だった。人の出入りの邪魔にならない場所に移動して、それらを少しずつ分けてもらいながらも、ソフトクリームを分けることも忘れない。

どんどん車がやって来て、人が降りてきては、楽しそうな様子で建物に入っていく。わたしたち同様に屋台で買い物する人も多い。反対に、駐車場に戻っていく人たちもまた、楽しそうに笑っている。

食べちゃうね、と宣言して、最後に残ったソフトクリームのコーンを口に入れた。コーンの中にはクリームも残っていて、すっかり液体のようになっていたけれど、やっぱり甘く、充分おいしかった。

少しべとつく手をふくために、バッグからティッシュを取り出した。携帯電話が光っているのに気づいたので、ティッシュで手をふいてから、それも取り出す。いつのまに鳴っていたのだろう。

紘也からのメールだった。

《またも猫発見！　今度は茶色》

文面どおり、茶色の猫が映った写真も添付されていた。見ているうちに、さっきの歌奈の言葉がよみがえった。なんでも許せるなんて、恋してないからなんだろうね。続けて静香の言葉も。全部許せるなら、愛だよ。

気づかないふりをしているのは、やめようと思った。

もう、恋でも愛でもないのだ。

許したわけではないけれど、許さないと思い続けている強さがあるわけでもない。痛みはまだ残っているけれど、それは紘也への思いとイコールじゃない。

今はまだうまく想像できないけれど、わたしはまたいつか、別の誰かを好きになるし、紘也との思い出を忘れてしまったりもするだろう。それはすごく残酷だけど、救われることだ。今ここにあるのは、思い出への執着や未練で、紘也がわたしにメールを送り続けるのも、同じだ。恋でも、愛でもない。

下書きフォルダに入った、紘也へのメールを削除した。思い込みと勢いだけかもしれないけど、今のわたしに必要で、可能なことだった。

もういいんだ。ドライブもできるし、おいしいソフトクリームだって食べられる。どこへでも行ける。どこかで聞いたようなセリフを口に出したなら、免許も持ってないくせにと、二人に言われてしまうだろうか。なに思い出し笑いしてるの、と静香から突っ込まれるまで、わたしはそんなことを思っていた。

解説

島本理生

加藤千恵さんとの初めての出会いは、高校の図書館だった。
本棚にずらっと並んだ堅苦しい全集の脇に、ひときわ目立つピンク色の表紙。
授業の合間にラクガキされたノートのような装丁。
しかも作者が同世代とあって、思わず手に取ってページを開いた。
それが彼女の処女短歌集『ハッピーアイスクリーム』だった。

まっピンクのペンで
手紙を書くからさ
冗談みたく笑って読んで

という短歌のままに、ピンク色に包まれた言葉たちは、だけど冗談みたいに笑って読むどころではなかった。

五七五七七という短歌の字数制限は、まるで校則のようだ。ごくまれに校則やぶりはあるけれど、基本的に、絶対的に頑丈な制約。

彼女の短歌は、その制約をまるで逆手に取るように、数え切れないほどの魅力的な顔を見せていた。

あっけらかんと言い放ったと思ったら、次の瞬間には静けさに滲《にじ》む切なさをのぞかせる。的確な手痛い一言にぎょっとしていたら、今度は美しい余韻だけを残して去っていく。

『ハッピーアイスクリーム』との出会いによって
「短歌ってこんなに面白いものだったの⁉」

と気付かされた。

彼女の短歌集を何度か同世代の友人に薦めたところ、皆が
「そう、これ、この通りなんだよっ」

と自分の心を代弁してもらったかのような興奮を伝えてきた。

私たちはちょうど、携帯やパソコンの急激な普及でコミュニケーションの在り方が変化した境目に青春期を迎えた世代だ。身の回りには情報も物資も溢れ、なんでもあ

るのに、それ故になにを選べばいいのか分からない、つねになにかが足りない気がするという思いを抱えていた。

その時代の中で揺れ動く気持ちを、加藤千恵さんの作品は見事に表現していた。だからこそ彼女の本は、短歌集では異例のベストセラーになったのだと思う。

もともと短歌は小説に比べて、作り手の個人的な体験をダイレクトに反映したものが多く、作品上でのセルフプロデュース能力が必要とされる。

当時、そんな発想の無かった私にとって、そういった意味でも、彼女の在り方はとても新鮮で驚きだった。

私が、個人的にとても好きだったのは

飲みかけのジンジャエールと書きかけの詩を残したまま　そっと立ち去れ

という作品で、さりげなく淡々とした余韻がいつまでも心に焼き付くこの短歌を、今も暑い日に炭酸飲料水を飲んでいると、きまって思い出す。

まるで私自身がいつかの夏の日、詩と共に誰かを残してきてしまったような気持ちで。

『ハッピーアイスクリーム』はそんなふうに十代の永遠の一瞬が、ぎっしりと凝縮された一冊だった。

二冊目の短歌集である『たぶん絶対』では、そこに大人の複雑さが入り込んできて、一気に読み進めるというよりは、ゆっくりと深く刺さってくる言葉の感触を確かめながら読んだ。

加藤千恵さんの作品には、たとえば

地上258mにいて
やっぱり君が好きだと思う

のように、一見ストレートなのにテクニックの光るものが多い。

地上258mといえば、東京タワーよりも低いくらいだ。けっして完璧な非日常空間ではない。

地上に戻ればまた好きじゃないと思うかもしれない。雲の上まで飛んだなら、いっそ君のことなんて忘れてしまうかもしれない。

地上258mという絶妙な数字は、君が好きという感情の不確かさそのものだ。

加藤千恵さんの作品には折に触れて、まっピンクのペン、ジンジャエール、キティちゃんなどといった具体的な名詞が登場する。それらは、それ以外では代用不可能な効果を発揮する。

そんな彼女が小説を書いた。

小説にはまったく制約がない故の手強さがある。なにを書いてもいいという広すぎる海の中で、その作風がどんなふうに生きるのか。とてもドキドキしながら本書を読んだ。

タイトルの『ハニー　ビター　ハニー』からも伝わってくるように、そこに書かれていたのは、代用不可能な具体性から生まれる、甘くて苦い恋の物語だ。

本当は脆《もろ》いマカロン。味が薄まってしまったガムのような想い。実りのない恋の最中にジャムの甘さは重すぎて、不毛な自分自身の気持ちのようにべったりと舌に残る。具体的な名詞から呼び起こされる、具体的な感覚。上手く言葉にできなかった瞬間が、溢れていた。

それにしても、ここに登場する男の人たちはどうしてこんなに腹が立つほど弱くて、なのに憎めないのだろう。

彼女の友達で浮気相手の里穂を平気で「優しい」と言う陽ちゃん。好きな人が出来たと告白しておいて、潔く別れを切り出すわけでもない茂。彼女に頼まれて行ったドーナツ屋で恋に落ちる岡田。

失恋したてのさとくんに呼び出された挙げ句に

「ああ、なんで隣にいるのが、菜穂子さんじゃないんだろう」

と言われても、浮気相手に子供が出来たから結婚するという紘也に泣かれても、湧き上がってくるのは怒りより、むしろ脱力だ。

なぜなら、そこには悪意がないから。と同時に悪意がないって、なんて有害なことだろうとも思う。

彼らは、自らの好きという感情に甘えている。好きという気持ちは不可抗力なもの。そういう前提に寄りかかって、無邪気に傷をつける（もちろん、それは男性に限らないけれど）。

そして、こういう人たちは世間にたくさんいる。そこには「免じてしまう」相手の存在があるから。

ここまで書いて、ふと田辺聖子さんの短編小説が浮かんできた。

もっとも田辺聖子さんの小説は、どちらもそれなりに分かっていて免じている軽妙さがあるけど、本書の主人公たちは全然ノーガードで、色んな事が突発的で、だからもやしばかりの料理を作ってしまうことになる（個人的には主食が二つあるほうが問題だと思った）。それが痛いし、切ない。

本書を読んでいると、主人公の友達のような気持ちで苛立ったり心配すると同時に、自分も好きだというだけで数え切れない理不尽を見逃してきたことを痛感する。

こんなに筋が通らなくて不可解な関係性、ほかにない。恋は決して綺麗《きれい》なだけでも素敵なだけでもなく、むしろ変。

まさに、「変じゃない恋愛なんてない」と実感させられる。

そんな中で、『甘く響く』は、他愛なくも、息の合った会話が瑞々しい。傍《はた》から見れば下らなくて笑ってしまうようなやりとりに、まだ互いの気持ちは知らなくても、これから寄り添っていこうとする男女の光が浮き上がってくる。ああ、人を好きになるというのはこういうことだったな、と思い出す。

『ねじれの位置』で、彼が最後に出してくるのが羊羹というのも絶妙な着地点だ。羊羹という、派手さや華美さはないけれど誠実な和菓子を通して、数式を愛する真面目な男の子の姿がふわっと浮かんでくる。

これが、たとえば『恋じゃなくても』のシチュエーションなら、そうはいかない。

状況の複雑さを勢いで打破するためには、もっと手が込んでいて特別なお菓子じゃなければ。まさに有名店のタルトのような——どのセレクトも、びっくりするほどぴったりだ。

本書の中で、加藤千恵さんのこれまでの作風を最もうかがい知れる短編を挙げるとすれば、『もどれない』ではないだろうか。

背伸びしたいというストレートな欲求、危うい無防備と同居する奇妙な冷静さ、その奥に潜む違和感。シガレットチョコ。

そんな思春期のすべてが作品に込められていて、初めてのセックスという象徴的な出来事とは対照的に、定まりきらないままゆっくりと遠ざかっていくような読後感は、彼女ならではの世界観だ。

今作は彼女にとって初めての短編集だが、切り取られた場面や関係性が、その後、さらにどのように変質していくのか、とても気になってしまう。ぜひ長編も書いてほしいな、と思う。

加藤千恵さんの表現には、天然の奔放さと鋭さが同居している。

それは矛盾した感情をさまざまな角度から映し出してくれる万華鏡で、だからこそ、覗き込んでみたいという欲求をかき立てられてやまない。

本書は文庫オリジナルです。

集英社ケータイ総合読み物サイト「theどくしょplus」で
2008年1月から12月まで配信された『HONEY』を、
加筆・訂正しました。

JASRAC　出0910333-417

集英社文庫 目録（日本文学）

集英社文庫　目録（日本文学）

加藤千恵　あとは泣くだけ
加藤千穂美　エンキリ　おひとりさま京子の事件帖
加藤友朗　移植病棟24時
加藤友朗　移植病棟24時　赤ちゃんを救え！
加藤友朗　「NO」から始めない生き方　先端医療で働く外科医の発想
加藤実秋　インディゴの夜
加藤実秋　チョコレートビースト　インディゴの夜
加藤実秋　ホワイトクロウ　インディゴの夜
加藤実秋　Dカラーバケーション　インディゴの夜
加藤実秋　ブラックスローン　インディゴの夜
加藤実秋　ロケットスカイ　インディゴの夜
加藤実秋　学園《スクール》王国《キングダム》
加藤実秋　渋谷スクランブルデイズ　インディゴ・イヴ
上遠野浩平　荒木飛呂彦・原作　恥知らずのパープルヘイズ　―ジョジョの奇妙な冒険より―
金井美恵子　恋愛太平記1・2
金子光晴　金子光晴詩集　女たちへのいたみうた

金原ひとみ　蛇にピアス
金原ひとみ　アッシュベイビー
金原ひとみ　AMEBICアミービック
金原ひとみ　オートフィクション
金原ひとみ　星へ落ちる
金原ひとみ　持たざる者
金原ひとみ　アタラクシア
金原ひとみ　パリの砂漠、東京の蜃気楼
金平茂紀　ロシアより愛をこめて　あれから30年の絶望と希望
加野厚志　龍馬暗殺者伝
加納朋子　月曜日の水玉模様
加納朋子　沙羅《さら》は和子《わこ》の名を呼ぶ
加納朋子　レインレイン・ボウ
加納朋子　七人の敵がいる
加納朋子　我ら荒野の七重奏《セプテット》
壁井ユカコ　2.43　清陰高校男子バレー部①②

壁井ユカコ　2.43　清陰高校男子バレー部　代表決定戦編①②
壁井ユカコ　2.43　清陰高校男子バレー部　春高編①②
壁井ユカコ　空への助走　福蜂工業高校運動部
鎌田實　がんばらない
鎌田實　高橋卓志　生き方のコツ　死に方の選択
鎌田實　あきらめない
鎌田實　それでもやっぱりがんばらない
鎌田實　ちょい太でだいじょうぶ
鎌田實　本当の自分に出会う旅
鎌田實　なげださない
鎌田實　たった1つ変わればうまくいく　生き方のヒント幸せのコツ
鎌田實　いいかげんがいい
鎌田實　がんばらないけどあきらめない
鎌田實　空気なんか、読まない
鎌田實　人は一瞬で変われる
鎌田實　がまんしなくていい

集英社文庫　目録（日本文学）

集英社文庫

ハニー ビター ハニー

2009年10月25日 第1刷
2024年3月13日 第17刷

定価はカバーに表示してあります。

著 者 加藤千恵《かとうちえ》

発行者 樋口尚也

発行所 株式会社 集英社
東京都千代田区一ツ橋2-5-10 〒101-8050
電話 【編集部】03-3230-6095
【読者係】03-3230-6080
【販売部】03-3230-6393(書店専用)

印 刷 大日本印刷株式会社

製 本 大日本印刷株式会社

フォーマットデザイン アリヤマデザインストア
マークデザイン 居山浩二

ISBN978-4-08-746490-0 C0193